No te vayas

No te vayas

Vicki Grant

Traducido por
Eva Quintana Crelis

orca soundings

ORCA BOOK PUBLISHERS

D.R. © 2010 Vicki Grant

Derechos reservados. Prohibida la reproducción o transmisión total o parcial
de esta obra por cualquier medio o método, o en cualquier forma electrónica o
mecánica, incluso fotocopia o sistema para recuperar información, conocido o por
conocerse, sin permiso escrito del editor.

Catalogación para publicación de la Biblioteca y Archivos Canadá

Grant, Vicki
[Comeback. Spanish]
Contravías / Vicki Grant.
(Orca soundings)

Translation of: Comeback.
Issued also in electronic formats.
ISBN 978-1-55469-970-4

1. Title. II. Title: Comeback. Spanish.
III. Series: Orca soundings
PS8613.R367C6518 2011   jC813'.6   C2011-903516-2

Publicado originalmente en Estados Unidos, 2011
Número de control de la Biblioteca del Congreso: 2011929401

Sinopsis: Cuando su padre desaparece, Ria se ve obligada a reconocer
que tal vez nunca lo conoció de verdad.

*La editorial Orca Book Publishers está comprometida con la preservación
del medio ambiente y ha impreso este libro en papel certificado por el Consejo
para la Administración Forestal.*

Orca Book Publishers agradece el apoyo para sus programas
editoriales proveído por los siguientes organismos: el Gobierno de Canadá
a través de Fondo Canadiense del Libro y el Consejo Canadiense de las Artes,
y la Provincia de Columbia Británica a través del Consejo de las Artes
de CB y el Crédito Fiscal para la Publicación de Libros.

Portada diseñada por Teresa Bubela
Imagen de portada de Getty Images

ORCA BOOK PUBLISHERS
PO Box 5626, Stn. B
Victoria, BC Canada
V8R 6S4

ORCA BOOK PUBLISHERS
PO Box 468
Custer, WA USA
98240-0468

www.orcabook.com
Impreso y encuadernado en Canadá.

14 13 12 11 • 4 3 2 1

Este libro es para Jane Buss, quien ha hecho tanto por mí y por muchos otros escritores de Nueva Escocia.

Capítulo uno

Mi novio está tratando de hacerme sentir mejor. Está apoyado contra su casillero con un brazo sobre mi cabeza, formando un pequeño capullo. Me acomoda un mechón de cabello detrás de la oreja y me dice:

—No es el fin del mundo, Ria. ¿Quién sabe? Tal vez hasta te termine gustando.

Así que sonríe, ¿sí? ¡Vamos! Una son-risita… ¿por favor?

Aprecio el esfuerzo. De verdad. Colin es muy dulce… pero no me está ayudando. No tiene ni idea de cómo me siento.

¿Cómo podría saberlo?

Su vida es como un programa del canal de Disney. La mamá. El papá. Los tres hijos. El perro travieso pero ado-rable. Todos juntos, sentados alrededor de la mesa de la cocina, riéndose de chistes bobos y lanzándose palomitas de maíz.

Colin no puede entender lo que es vivir sin todo eso… igual que yo no habría sido capaz de comprenderlo hace tres meses, supongo.

Lo raro del asunto es que ni siquiera sabía que mi vida era perfecta hasta que de repente ya no lo era. Fue como despertar después de un accidente de coches y darte cuenta de que tus piernas ya no están ahí. ¿Quién piensa en lo genial que es caminar antes de que pase algo como eso?

La palabra *inválida* aparece en mi cabeza y es más que suficiente para ponerme mal de nuevo. Tengo que cerrar los ojos.

—Ay, Ria… —me dice Colin, y siento que se le va el aire de los pulmones.

Esto no es justo. No debo hacer que se sienta miserable sólo porque así me siento yo. Eso es exactamente el tipo de cosas que haría mi madre.

¿Pero qué estoy diciendo? Eso es lo que de hecho *hizo*.

Todo tiene que girar a su alrededor. Es *su* vida, *su* felicidad, *su* lo que sea.

Es como si una mañana simplemente hubiera decidido que ya no quería estar casada. Y eso fue todo. Ni una explicación. Ni una disculpa. Nada.

En un instante ya había corrido a papá de la casa. Despidió a la señora de la limpieza, cortó en pedazos nuestras tarjetas de crédito, consiguió un empleo patético en una oficina cualquiera y llenó el congelador con esos discos de cartón que insiste en llamar pizza.

No me entra en la cabeza. Si de repente somos tan pobres, ¿por qué no cobra los cheques que papá sigue mandándole? Él es un corredor de bolsa exitoso. Tiene montañas de dinero. No le molesta mantenernos. De hecho *quiere* hacerlo.

Mamá está tratando de avergonzarlo. Eso es lo que pretende. Sabe muy bien que él se vería muy mal si llevara a sus clientes a cenar a los mejores restaurantes de la ciudad mientras sus propios hijos ni siquiera pueden "permitirse el lujo" de pedir pizza a domicilio.

Estoy segura de que sueno enojada e infantil, como una niña consentida… y probablemente lo sea. Pero no puedo evitarlo. Cuando todo esto empezó, traté de ser comprensiva. Me tragué a la fuerza la pizza congelada. No me quejé cuando mamá canceló nuestro viaje a Italia. Me ocupé de cuidar a Elliot, mi hermano menor. Hasta traté de entenderla.

Quiero decir que no estoy totalmente ciega. Me doy cuenta de que estar casada con papá no es lo más fácil del mundo: viaja demasiado por asuntos de negocios, está involucrado con demasiadas empresas, tiene un montón de amigos, clientes, conocidos y demás... y todos quieren jugar al golf con él. Puedo entender que eso le haya molestado a mamá.

Al principio pensé que mamá sólo necesitaba un descanso. Después de un par de semanas —y tal vez de alguna joya y de una cena romántica en alguna parte—, se acordaría de todo lo bueno de papá y volveríamos a ser una familia. Eso es lo que me imaginé.

Al menos hasta esta mañana, cuando me enteré de que mamá había vendido nuestra casa. Ahora, aparte de todo, está haciendo que nos mudemos a un horrible apartamentucho a millas de todos nuestros amigos y de la escuela, y también (¡qué coincidencia!) de nuestro padre.

Ya no puedo ser comprensiva. Está en la crisis de los cuarenta. No deberíamos sufrir todos por eso.

Yo no voy a ser así.

Abro los ojos y le sonrío a Colin.

—Estoy bien —le digo—. Los lentes de contacto me estaban molestando.

No hay forma de que Colin me crea, pero a estas alturas ya debe estar harto de mi honestidad. Me besa en la frente y empieza a empujarme hacia la cafetería. Me río como si fuera un juego muy divertido, pero no estoy segura de por cuánto tiempo puedo seguir actuando. Sólo de pensar que tengo que hacer de

Miss Simpatía frente a todos los alumnos hambrientos del Colegio Citadel, me agoto.

Mi teléfono suena justo cuando nos ponemos en la fila de las hamburguesas. La Sra. Meade me lanza una mirada feroz y dice "Celulares, afuera". En general pienso que la regla es completamente injusta, pero hoy me parece una prueba de que Dios tal vez sí existe. Digo "Perdón" en un susurro y me escabullo por la puerta lateral hasta el estacionamiento. Noto que Colin no sabe si salir conmigo o pedir su orden, pero al final me sigue.

—¿Sí? —contestó el teléfono.

—Hola, princesa.

—¡Papá! —digo con una sonrisa sincera. No puedo recordar la última vez que sonreí así—. ¿Dónde estás?

—Adivina.

No tengo que hacerlo: Colin ya lo vio y está caminando por el estacionamiento hacia el viejo convertible más grande y brillante que he visto en mi vida. Es de color turquesa y blanco y tiene unos gigantescos alerones traseros al estilo del batimóvil. Papá está apoyado contra él. Tiene la corbata floja y la chaqueta colgada al hombro como si fuera a hacer una audición para *Mad Men*.

Se me escapa una carcajada.

—¿De dónde sacaste esa cosa?

—¿Cosa? Te informo que este vehículo perteneció un día a Elvis Presley.

—¡Papá!

—¡En serio! Y Elvis siempre llevaba a una despampanante pelirroja a su lado. Así que apúrate, querida: el Rey te espera.

Un chico que reconozco de la clase de literatura también se ha acercado para ver el auto. Papá nos hace un *tour* guiado: las llantas con aro blanco, la tapicería original, el motor, hasta los ceniceros. Yo no sé nada de autos, pero me doy cuenta de que los dos chicos están completamente impactados.

Papá disfruta su momento de gloria por un rato y después le da las llaves a Colin.

—Muy bien, amigo mío, vamos a ponernos en acción.

Colin mira las llaves y después a papá, grita como un vaquero y se pone tras el volante de un salto.

El otro chico comienza a alejarse, pero papá no lo deja.

—Oye, oye. Quieto. Tú también. Arriba.

—No, gracias —dice el chico medio riendo—. Está bien.

Trata de escabullirse, pero papá no acepta un no por respuesta.

—La vida es muy corta como para perderse un paseo en un LeSabre convertible de 1962 original y en perfecto estado —dice y señala el auto como si estuviera mandando al chico a la oficina del director—. ¡Súbete, muchacho! Lo digo en serio.

El chico me mira como pidiendo ayuda, pero yo sacudo la cabeza. ¿Qué puedo hacer? Cuando mi padre quiere algo, lo consigue.

Se nota que el chico está preocupado de que haya una cámara escondida en alguna parte, pero al final se encoge de hombros y se sube al asiento trasero con papá. Yo me siento junto a Colin y salimos rechinando llantas.

Papá no le dice a Colin que baje la velocidad ni se escandaliza cuando pasa demasiado cerca de un auto estacionado. Simplemente se estira sobre el asiento delantero y prende la radio. El viento me azota el cabello contra la boca y los ojos. La gorra de Colin sale volando. La gente que hay en las aceras voltea a vernos. Nosotros nos reímos a carcajadas. Es perfecto. Es casi como si estuviéramos en un comercial de televisión.

Todo esto es típico de papá: la visita sorpresa en el momento justo, el auto espectacular que puede haber sido o no de Elvis Presley, dejar que maneje Colin, arrastrar con nosotros a un extraño, transformar el almuerzo de un viernes común y corriente en algo muy parecido a un "momento clave de la vida".

Pues sí, tal vez todo esto sea demasiado ostentoso. ¿Pero qué tiene de malo? Papá tiene razón: la vida es demasiado corta como para no disfrutarla. Sólo tengo diecisiete años y lo entiendo. ¿Por qué no lo entiende mamá?

Me doy la vuelta y miro a papá. Está haciendo que Tim o Tom (no me acuerdo de su nombre) cante la parte de *doo-wop* de una vieja canción de *rock and roll*. Que ninguno de los dos tenga idea de cómo va la canción no le importa en lo más mínimo. Están gritando con toda la fuerza de sus pulmones, como dos niños frente una fogata.

Entonces me doy cuenta de algo.

Sé cómo arreglar esto.

De repente descubro cómo lograr que todos seamos felices de nuevo.

Capítulo dos

La cara de papá lo dice todo. Tiene patas de gallo alrededor de los ojos y, a los lados de la boca, arrugas de risa, tan oscuras que parecen dibujadas con un marcador, pero a pesar de todo la suya sigue siendo la cara de un niño. Es como si brillara. Siempre parece como si estuviera ansioso por descubrir lo que viene después.

Las arrugas de mamá marcan su frente hacia abajo, justo en medio de los ojos. Nadie diría que son arrugas de risa. Son huellas por fruncir mucho el ceño, por preocuparse o por tratar con todas sus fuerzas de mantener la calma.

¿Cómo es posible que dos personas tan distintas se hayan casado?

Miro a papá. Tiene el puño frente a la boca como si fuera un micrófono y está cantando: *"Ooh, baby, baby, yeah!"*. El sol hace que sus ojos se vean casi tan azules como el auto. Me guiña un ojo como si yo fuera la chica de la canción.

Es entonces cuando me doy cuenta: papá y mamá no se van a reconciliar. Lo raro es que ahora ni siquiera me da tristeza. La verdad es que parece razonable. Es como dijo Colin: "No es el fin del mundo". De hecho, tal vez sea lo mejor para todos.

Lo único que necesitamos es hacerle unos pocos ajustes al plan.

En lugar de que Elliot y yo nos mudemos con mamá a su nuevo apartamento, nos mudaremos con papá.

El solo hecho de pensarlo hace que mi boca se estire hasta formar una sonrisa de ganador de la lotería. Se me escapan unos aplausos. Me siento culpable, pero también feliz, muy feliz.

Levanto los brazos y dejo que los golpee el viento. Es la solución perfecta. Papá puede mantenernos sin problemas. Mamá no. A él le encanta tenernos con él. Ella está tan cansada después del trabajo, que ni siquiera se da cuenta de que estamos ahí. No tendremos que dejar nuestro vecindario. Ella se puede ir tan lejos como quiera.

Claro que hay algunos detalles que todavía tenemos que resolver. Como el apartamento de papá es demasiado pequeño para todos, tendríamos que comprar otro. Yo no soy una buena ama de casa, así que espero que Manuela no esté enojada de que mamá la haya corrido. Si ella hiciera la limpieza y cuidara a Elliot después de la escuela, yo podría aprender a cocinar.

Lanzo una carcajada.

¿Para qué cocinar? Papá nunca dice que no cuando se trata de ir a un restaurante.

De hecho, justo ahora está dirigiendo a Colin hacia el Chicken Burger. Me preocupa un poco que no volvamos a tiempo para la clase siguiente, pero papá insiste.

—¿Qué pasa con ustedes, chicos? ¡No pueden andar en un convertible de 1962 y no parar por unas malteadas!

El Chicken Burger está a reventar. Y tal parece que todos quieren ver el LeSabre. Mientras papá habla con la gente, tomo la mano de Colin. Tiene unas manos hermosas. Manos de atleta. Son grandes y fuertes, y me encanta la forma en que su vello rubio destaca contra su piel bronceada.

Se me acaba de ocurrir otra cosa que hace que mi nuevo plan sea genial: las ideas de papá sobre el amor adolescente son mucho más liberales que las de mamá.

Colin no sabe que estoy pensando en eso, pero se da cuenta de que estoy contenta y eso lo hace feliz a él también, lo que me hace todavía más feliz. Tomo un poco de mi malteada. No me importa que tenga ochenta mil calorías huecas. Ahora todo es diferente. Todo va a estar bien.

Regresamos a la escuela sólo unos minutos antes de que suene la campana. Me muero por contarle mi plan a papá ahora mismo, pero no va a haber tiempo. No importa. Puedo esperar hasta mañana. Elliot y yo vamos a pasar el fin de semana con él. Lo arreglaremos todo entonces.

Tim/Tom le da un abrazo a papá y se va a clase. Colin se acerca para devolverle las llaves, pero papá no las acepta.

—Te propongo un trato, campeón. Te puedes quedar con el auto todo el fin de semana si me dejas unos minutos a solas con mi pequeña. ¿Qué dices?

Colin lo mira con la misma expresión aturdida de hace un rato. Papá se ríe.

—Me imagino que eso es un sí. ¡Ahora, a volar! Dile a la maestra que Ria va para allá.

Colin se va "volando". Papá y yo nos apoyamos contra el auto y lo vemos irse. Aunque está de espaldas, sabemos que tiene una gran sonrisa en la cara. Nos echamos a reír.

Papá me pasa el brazo por los hombros.

—Oye, hay algo de lo que necesito hablarte —me dice—. Va a haber un pequeño cambio en los planes.

Por medio segundo, me pregunto si tiene la misma idea que yo. Trato de no parecer demasiado ilusionada.

—No voy a poder verlos a ti y a Elliot este fin de semana.

—¿Qué? —digo. Es como si me hubiera dado un puñetazo.

Papá se mueve hacia atrás con cara de sorpresa. No es la primera vez que tiene que hacer nuevos arreglos.

—¡Ay, cariño, perdóname! Tengo que ver a unos inversionistas en el norte para hablar sobre uno de nuestros proyectos. Traté de cambiar la fecha, en serio, pero es el único día que todos pueden reunirse.

Desvío la mirada. Siento que me falta el aire. Trato de hacer como que estoy bien, pero no puedo. *Necesito* ver a papá este fin de semana. *Necesito* contarle mi plan. De repente ya no puedo soportar vivir con mamá.

—¿Puedo ir contigo? —le pregunto. Sueno muy alegre y falsa. ¡La desesperación es tan vergonzosa!

—Este... corazón, no te divertirías. Voy a un lago frío cualquiera en medio de la nada. Te volverías loca de aburrimiento. No hay tiendas, no hay Internet ni cobertura de celulares...

Aunque sé que está haciendo una broma, le digo:

—¡No me importa! ¡Por favor... por favor!

Levanta la mano y dice:

—No, no. Lo lamento.

Lo miro con una sonrisita temblorosa.

—Aaay, chiquita —me dice papá como si yo tuviera cuatro años y le hubiera mostrado una pupa en la rodilla.

—Ria. Tú *sabes* que te llevaría si pudiera, pero no puedo. Renté un avioncito de dos plazas y voy a volarlo solo.

—¿Y entonces cuál es el problema? —le digo—. Dos asientos. Uno para ti. Uno para mí.

Me mira como si yo no entendiera algo obvio.

—Lo que digo es que... no puedo pilotear y limpiar tu vómito al mismo tiempo.

No puedo discutir eso. Tiene razón. El mareo de viajero me mataría.

Los ojos se me empiezan a llenar de lágrimas y cada vez me tiembla más la sonrisa. No puedo creer que esté haciendo semejante papelón.

Papá me abraza muy fuerte.

—Y... —dice—. Y... —repite, esperando a que me controle un poco— hay otra razón por la que no puedes ir.

Me limpio la nariz con la punta de los dedos y digo, con la voz más madura que logro hacer:

—¿Ah, sí? ¿Cuál?

Saca un sobre de un bolsillo.

—Tengo cuatro boletos para el concierto de *Chaos of Peace* de este fin de semana.

Me echo a reír a pesar de que todavía tengo la cara llena de lágrimas.

—¡Papá! ¿Cómo los conseguiste? ¡Estaban completamente agotados!

Alza un dedo y dice:

—Nunca revelo mis fuentes…

Suena la campana. Hago el gesto de tomar los boletos, pero papá los aleja.

—No, no, no. Me temo que estos boletos vienen con una o dos condiciones.

Esto es tan raro en papá, que casi me asusta. ¿Con qué más me va a salir ahora?

—Número uno —dice—: no más lágrimas. Nosotros los Patterson nos levantamos, nos limpiamos el polvo y nos preparamos para la siguiente fiesta. ¿Estamos?

Le respondo que sí con la cabeza. No va tan mal como esperaba.

—¿Y la otra condición? —le pregunto.

—Dos de los boletos son para tu mamá y para Elliot.

¿Está loco? Elliot es demasiado joven como para ir al concierto y mamá siempre está de mal humor. ¿Qué no ha aprendido nada? El simple hecho de *ofrecerle* los boletos la va a poner de malas.

Pero no discuto. Me muero por ir al concierto.

—Sí, no hay problema —le digo, tratando de que parezca como si creyera que es una idea genial.

Papá no cae. Me mira muy serio por un par de segundos y lanza un suspiro.

—Es una buena mujer, Ria. Lo que pasa es que se le han juntado muchas cosas a la vez. Todos tenemos que darle un respiro.

Reúno todo mi valor.

—Papá, de eso era de lo que te quería hablar…

Suena la segunda campana. Sólo me queda un minuto. No sé cómo empezar.

—Sabes... Yo... Bueno —titubeo.

Papá me pone las manos en los hombros.

—Ya me hablarás de eso después. Es tarde y el encanto de Colin no va a distraer a la maestra por mucho tiempo. ¿Qué tal si reservo una mesa para dos en Da Maurizio's para la noche del lunes y ahí me lo cuentas todo? ¿Es un trato?

Papá y sus tratos.

—Sí, claro, eso me gustaría.

Estoy esforzándome demasiado por ser valiente y se nota.

Papá me revuelve el cabello y me da un abrazo. Me aprieta tan fuerte que oigo cómo me truena un huesito del hombro.

Me voy a clase. La última vez que lo veo, papá está levantando el pulgar para pedir un aventón a su oficina.

Capítulo tres

Estoy en la primera fila, a diez pies del escenario, con mi novio a un lado y mis dos mejores amigas al otro. Tengo asientos VIP, varios CD firmados y en mi iPhone algunas de las fotos más impresionantes que has visto en tu vida. Helena y Sophie no han parado de gritar desde que la banda tocó su primera nota. Colin está tan emocionado que se la pasa levantándome del suelo.

Soy la chica más feliz del mundo. Y me estoy riendo de mí misma.

En serio.

Ayer estaba sumida en la desesperación y entonces papá me dio boletos para el concierto y *¡puf!*, todos mis problemas desaparecieron de golpe.

Una de dos: o es muy fácil tenerme contenta o soy muy, pero muy superficial.

La música es tan escandalosa, que ya casi no puedo escucharla. Tal vez eso quiera decir que me voy a quedar sorda antes de cumplir los veinte, pero por ahora lo estoy disfrutando. De una forma extraña, todo ese ruido es casi como el silencio absoluto. Puedes perderte en él.

Mi mente divaga por todas partes. Pienso en Colin (por supuesto), en el ensayo de literatura que debería haber empezado la semana pasada, en cómo voy a decorar mi cuarto en la nueva casa, en si es normal que el baterista sude tanto, en un fabuloso par de botas que vi el otro día en Project 9.

Pero sobre todo, pienso en mamá.

He estado furiosa con ella durante tres meses. Es como si ya ni siquiera fuera mi madre. Fue de verdad mezquina, desconsiderada, malvada.

La verdad es que es *papá* el que debería estar enojado con ella. Fue a él a quien corrió de la casa. Y a pesar de todo, lo único que él me ha dicho ha sido: "Es una buena mujer".

¿Será de verdad tan tolerante o es que no se entera de nada?

Me pregunto si habría dicho lo mismo si hubiera visto la expresión de mamá ayer, cuando le hablé de los boletos para el concierto.

Había oído hablar de gente que responde arrugando la nariz como si algo oliera mal. Pensé que era sólo un decir, pero mamá lo hizo de verdad.

Arrugó la nariz, echó la cara hacia atrás y dijo, aclarándose la garganta: "Ay, me temo que por el momento estoy demasiado ocupada como para ir a algo así".

Después sonrió o al menos intentó hacerlo.

Incluso ahora, mientras la banda toca una de mis canciones favoritas y Colin baila como loco a mi lado, me enojo de nuevo con ella. Ese patético intento de sonrisa. ¿Para qué se molesta?

Si papá no me hubiera pedido que le diera un respiro a mamá, creo que le habría gritado, pero me contuve. Sabía que a Helena y a Sophie les iba a encantar el concierto. No tenía que preocuparme de que *ellas* no se divirtieran.

La verdad es que fue excelente que mamá no quisiera los boletos. ¿Para qué pelear por eso? Ella se lo perdió. Yo pude permitirme ser muy digna. Eso es lo que habría hecho papá.

Así que sonreí y le dije: "Ay, qué lástima". Después le pregunté si quería que la ayudara a empacar. (Cuanto antes se mudara, más pronto nos podríamos mudar nosotros).

Mamá volteó a mirarme. Casi no la reconocí. Desde que papá se fue de la casa, su expresión jamás decía nada. Pero entonces, parada junto al fregadero (lleno de un montón de platos sucios), casi resplandeció. Fue como ver luz por debajo de una puerta en un pasillo oscuro. Me di cuenta en ese momento de que todavía había un ser humano ahí dentro.

Enseguida se puso a acomodar los platos. Me di cuenta de que estaba tratando de no parecer demasiado emocionada por mi pequeña oferta.

"Bueno", me dijo, "la verdad es que me vendría muy bien la ayuda. ¿Estás segura de que Colin no tiene planes para ti esta noche?".

"Pensé que tal vez él también podría ayudar", le contesté.

Esa fue la gota que derramó el vaso. Se apoyó contra la encimera y me lanzó una enorme sonrisa.

¿Será que en estos días la idea de mamá de pasar un buen rato es llenar cajas con sus hijos durante horas y horas?

Es difícil no tenerle lástima.

Me concentro otra vez en el concierto. Miro a Colin. Su cabeza se mueve al ritmo de la música. No tiene un buen sentido del ritmo y necesita un corte de pelo, pero por eso lo amo: no le importa ese tipo de cosas. Sólo quiere divertirse, ser feliz y hacer felices a los demás. (Tal vez sea cierto que las chicas siempre se enamoran de hombres que se parecen a sus padres.)

De hecho, anoche se perdió un partido de *hockey* por ayudarnos a empacar. Cargó todas las cosas pesadas, bajó todas las cosas altas y arrastró todas las cosas sucias hasta la acera para que no tuviéramos que ensuciar nuestras delicadas manos. Hasta jugó a las luchas con Elliot durante mucho rato para que no nos interrumpiera.

Estábamos pasándola genial hasta que mamá dijo: "De verdad que es agradable tener un hombre en casa".

Sólo estaba bromeando, pero apenas lo había dicho se dio cuenta de su error. Entonces su expresión se volvió otra vez ausente. Todos nos sentimos incómodos. Fue como si las palabras *papá*, *divorcio*, *solitario* y *triste* se pusieran a zumbar en torno a nuestras cabezas y todos tuviéramos miedo de tratar de ahuyentarlas.

Colin fue el que intentó arreglarlo. Estiró el brazo y puso la mano en el hombro de mamá. Fue un lindo gesto... pero el más desatinado. (Creo que mamá no habría llorado si él no hubiera hecho eso.)

En ese momento, por suerte, Elliot dijo en voz muy alta: "¡Oye! ¡*Yo* soy un hombre y *estoy* en casa!".

Estaba tan indignado que todos nos reímos. Mamá volteó, miró a Colin y apretó su mano. Supe que le estaba dando las gracias.

El vocalista está marcando el ritmo con las palmas sobre su cabeza, tratando de que todos en el público se pongan a cantar. Me levanto y aplaudo también, pero ahora sólo puedo pensar en Elliot. El pobrecito sólo tiene cinco años. A veces pienso que no entiende para nada lo que está pasando. Otras, creo que entiende demasiado. Me doy cuenta de cómo se esfuerza por recordar que debe guardar sus juguetes y lo fuerte que abraza a papá cuando nos visita. Es como para romperte el corazón.

Mamá lo va a extrañar mucho cuando nos vayamos. Eso me da tristeza, pero no hay nada que hacer. Será lo mejor para Elliot.

Yo me voy a *ocupar* de que sea lo mejor para Elliot.

La multitud empieza a vitorear. Noto que la banda ya no está en el escenario. Colin nos empuja hacia la salida lateral para que no nos perdamos entre la gente.

Dejamos a las chicas en casa de Sophie. Aunque Helena está ronca de tanto gritar, se las arregla para croar:

—Dile a tu padre que lo amo. En serio. Lo amaba antes de que nos diera los boletos, ¡*pero ahora me quiero casar con él*!

—¡Pero qué bárbara! —exclama Sophie y le tapa la boca. Después, me susurra en la oreja—: Pero la verdad es que yo también estoy loca por Steve. ¡Tienes *tanta* suerte!

Nos damos un beso. Nos abrazamos. Nosotros nos vamos. Sophie tiene razón. Tengo mucha suerte.

Estoy en tal estado de éxtasis que tardo un par de segundos en darme cuenta de que Colin se pasó mi calle.

—¡Oye! —le digo—. ¿Adónde vas?

Él me mira con una de esas sonrisas ladeadas tan suyas. La siento como un golpe en el pecho.

—Hay dos lugares a los que definitivamente tienes que ir si vas en un LeSabre 1962: el Chicken Burger y, por supuesto…

Da la vuelta hacia el parque Point Pleasant.

—… el Mirador de los Enamorados.

Capítulo cuatro

Colin detiene el auto suavemente frente al dique. La luna está muy alta y brilla tanto, que se refleja sobre el agua negra en una larga franja blanca como la de Adidas.

Levanta una ceja y me atrae hacia él. Todo esto es muy tentador... me vuelve loca su olor a pino. Pero le pongo las dos manos en el pecho y lo detengo.

—No —le digo—. La semana próxima.

—¿*La semana próxima*? —dice, levantando la cara de mi cuello y mirándome como si le hubiera hecho una broma—. ¿Por qué?

Le cuento mi plan. La mudanza. Contratar a Manuela de nuevo. Aprender a cocinar. Todo el asunto. Hasta esa parte sobre lo liberal que es papá con el amor juvenil.

Colin se apoya contra la puerta del auto, juega con mi cabello, me escucha, casi siempre con una sonrisa, pero entonces dice lo que me temía que iba a decir.

—¿Y qué hay de tu mamá? ¿No te preocupa lo duro que va a ser para ella?

Le explico todas mis razones: lo del dinero, lo cansada que ella está, lo perjudicial que sería para Elliot cambiar de vecindario. Estoy siendo tan razonable como puedo, pero me da miedo mirar a Colin. Por la forma en que inclina la cabeza, sé que va a tratar de convencerme de que sea más amable de lo que en realidad soy.

—También es duro para papá —le digo—. Y acuérdate de que él no empezó todo esto. Fue ella.

Colin se queda callado durante un largo rato. Juega con mis dedos y mira el mar.

—Es triste —dice al fin—. Los dos son tan buenas personas. Tu mamá es muy amable, responsable y todo...

Yo me guardo el comentario: *Al menos así era.*

—Y tu padre... cualquiera pensaría que alguien con tanto dinero tendría que ser una mala persona, un esnob o algo parecido, pero Steve no es así. Es un buen tipo. De verdad quiere ayudar a los demás.

Colin le da unos golpecitos al volante y respira hondo. Debe ser difícil para él decir esto.

—Mis padres están muy agradecidos por todo lo que hizo por nosotros. Nos cambió la vida. Si tu papá no hubiera invertido sus ahorros, no habrían podido comprar su negocio; no podrían pagarme la universidad el año que viene —dice, mirándome a los ojos—. Tu papá es un hombre increíble.

De repente, un enorme sollozo sale de mi pecho como una erupción. Es como si Colin hubiera tocado accidentalmente el centro exacto de mi dolor. Los dos nos sentimos horrorizados.

—Oh, perdón, Ria, perdón —dice con un gemido. Me pone sobre sus piernas y prácticamente me arrulla como a un bebé. Aprieto los dientes y aplasto el estómago para tratar de sofocar los sollozos.

Colin me seca la cara con la manga de su camisa. Puedo sentir su pánico.

Bajo la barbilla y trago con fuerza. Respiro hondo. Le prometí a papá que ya no iba a llorar. Miro a Colin. Tiene una expresión de súplica en el rostro.

—De verdad te amo —le digo.

Él asiente.

—Y yo a ti.

Él también está a punto de llorar.

Es raro, pero me desenredo de su abrazo y me extiendo en el largo asiento delantero.

—Ven aquí —lo llamo.

Son más de las tres de la mañana cuando llego a casa. Sólo suplico que mamá se haya quedado dormida esperándome. Me deslizo por la puerta trasera y atravieso la cocina de puntitas.

—¿Ria?

Mamá no es más que una silueta en el pasillo oscuro.

Maldición. Me va a matar. Me reviso la camisa con la mano para asegurarme de que todos los botones estén cerrados en orden. No quiero una escena.

—Perdón, mamá, yo…

Prende la luz. Su piel está muy pálida, casi de color lila. Se frota las manos como si le dolieran los nudillos.

—Corazón —dice—. Será mejor que te sientes. Tengo malas noticias.

Capítulo cinco

Es como si hablara en otro idioma. No puedo entender lo que dice y cada vez estoy más alterada.

—¿De qué estás hablando?

Sólo repite lo que ya dijo.

—Tu papá mandó un SOS alrededor de las ocho de la noche para decir que tenía problemas mecánicos. Eso es todo lo que saben. Después de eso perdieron el contacto con él. Piensan que su avión se cayó en algún lugar sobre el lago Muskeg.

Le grito en un susurro ronco.

—Eso lo sé, pero ¿dónde está papá? ¿Está bien?

Mamá mira por la ventana. Afuera está tan oscuro, que lo único que se ve es su reflejo que mira hacia adentro.

—No saben nada, corazón. El equipo de rescate está en camino. Sabrán más en la mañana.

Pone su mano sobre la mía. Estoy demasiado aturdida y asustada como para rechazarla.

—¿Por qué no tratas de dormir un poco, Ria? No hay nada que podamos hacer ahora.

¿Dormir? ¿Quién cree que soy? Es mi *padre*. Puede ser que ella ya no lo quiera, pero yo sí. La miro con furia hasta que desvía la mirada.

—Pondré agua a hervir —dice.

Me siento frente a una taza de té frío y miro cómo el cielo pasa de negro a azul marino, a rosa y a celeste al fin.

Suena el teléfono. Mamá camina hacia el pasillo y se para dándome la espalda. Su voz es muy baja y no puedo oírla. La miro, inmóvil. Me siento como un perro a la espera de que su dueño le dé una orden.

Cuelga el teléfono y se dirige hacia mí. Sus labios se ven muy finos, pero sus ojos están abiertos de una manera extraña.

—Ria. Era de Búsqueda y Rescate. Tienen noticias.

Se sienta a mi lado y cruza las manos sobre la mesa.

—Encontraron el avión.

Eso es bueno. Eso es bueno, creo.

—O lo que queda de él... fue un accidente muy grave.

Lo dice muy lentamente para que yo entienda, para que no le haga más preguntas.

—¿Qué quieres decir?

Puedo ver que elije sus palabras.

—El avión quedó destruido. Sólo encontraron algunos pedazos.

—¿Encontraron a papá? —pregunto.

—No.

—¡Entonces puede ser que haya salido! ¡Podría estar en algún lugar del bosque! ¡Podría haber llegado a la costa...!

—Ria. Fue un accidente muy grave.

—¡Pero no lo han *encontrado*!

Me volteo y veo a Elliot en el pasillo, con todo el cabello parado y su pequeño pijama de elefantes puesto al revés. De repente, mamá y yo estamos otra vez en el mismo bando. Sonrío y le digo:

—¡Buenos días, dormilón!

Mamá se levanta de la mesa de un salto y dice:

—¡Caramba! ¡Mira la hora! Ni siquiera he empezado a hacer tu desayuno.

Prende la radio y abre los cajones para sacar cucharas, platos hondos y el cereal.

Elliot se sienta junto a mí. Hace un mohín.

—¿Por qué le estabas gritando a mami?

Mamá se acerca, saltarina.

—¡*Shreddies*! ¡Tu cereal favorito!

Elliot toma un bocado, pero no deja de mirarnos con atención. Me doy cuenta de lo sensible que se ha vuelto desde que papá se fue. Sólo de pensar cómo van a empeorar las cosas para él, siento que me muero.

—No me gusta cuando eres mala —me dice.

—Por favor, Elliot —le dice mamá—. No es agradable que hables con la boca llena.

Le saco la lengua como si estuviera contenta de que lo hayan regañado.

—Eso tampoco es agradable —dice mamá.

Estamos tan ocupadas tratando de distraerlo, que ninguna de las dos se da cuenta de que ha empezado el noticiero hasta que oímos: "En las más recientes noticias, un inversionista millonario ha desaparecido en un accidente aéreo".

Las dos nos levantamos de un salto. Mamá apaga la radio de golpe y dice:

—¡Son las ocho, Elliot! Hora de salir. Ria, ¿puedes ayudarlo a vestirse para que no llegue tarde a la escuela?

El chico no es estúpido. Sabe que está pasando algo. Tiro de su mano y lo alejo de la mesa, todavía con la boca llena, y lo arrastro escaleras arriba. Hago como si estuviera enojada porque está llorando, pero la verdad es que me siento aliviada por tener algo más en qué ocupar la cabeza. No deja de gimotear hasta que le compro un *Crispy Crunch* de camino a la escuela y dejo que se lo coma.

Pienso una cosa extraña: ¿será que va a odiar los chocolates por el resto de su vida porque le recordarán el día en que desapareció su papá?

Suena la campana. La Sra. Jordan se acerca y toma a Elliot de la mano. No necesita decirme que ya sabe las noticias. Su "Hola, Elliot" es demasiado alegre y a mí me habla con una voz muy dulce: "Llámennos si podemos ayudar de alguna manera".

Camino a casa en un estado de absoluta confusión. Lo único que escucho es mi respiración, los latidos de mi corazón y un zumbido como de estática en el cerebro. Suena mi teléfono celular, pero no lo contesto. No miro a nadie al pasar. Sólo sigo caminando hasta que llego a casa.

Empujo la puerta y por un momento me pregunto si estoy en el lugar equivocado. La cocina está llena de gente: la tía Cathy, nuestros vecinos de junto, un par de hombres con los que papá juega al golf, su doctor, su secretaria. Todos se dan la vuelta y me miran. Todos tienen el rostro marcado por una misma expresión.

Terror.

Les aterra tener que hablar conmigo.

Soy su peor pesadilla.

Capítulo seis

Todas estas personas son adultas. Saben que no pueden hacer como si yo no estuviera aquí. Saben que tienen que decir algo.

Respiran hondo, ponen una sonrisa comprensiva en el rostro y, una por una, caminan hacia mí. Las mujeres toman mi mano entre las suyas. Los hombres me pasan un brazo por los hombros.

Me preguntan cómo estoy. (¿Cómo *se imaginan* que estoy? Ya se enteraron de las noticias.) Dicen que si necesito algo —¡lo que sea!—, están a sólo una llamada de distancia. Me dicen que mi papá era un gran hombre, una persona fabulosa, un brillante asesor financiero. Siguen y siguen, pero lo único que de verdad escucho es:

Tu padre *era*.

¿Qué le pasa a esta gente? Nadie ha dicho que esté muerto: ni la policía ni los medios de comunicación. No hay un cuerpo, ni testigos... ninguna prueba de que no esté tirado, empapado y herido en alguna parte, suplicando por escuchar el sonido de un helicóptero de rescate.

¿Por qué han renunciado a él con tanta facilidad todos sus supuestos amigos?

Quiero gritar y alejarlos de mí, pero no lo hago. Sólo me muerdo el labio y asiento con la cabeza. Me dan un último apretón y se van, aliviados. Ya han cumplido con su deber.

Colin es la única persona que hace lo que hay que hacer. Entra a la cocina, sin aliento, buscándome por todas partes. Se abre paso entre la gente. Me abraza.

—Aquí estoy, Ria —dice. Por alguna razón, eso es justo lo que me hace llorar—. No voy a irme a ningún lado —agrega y eso me hace llorar aún más. Sólo se queda sentado, abrazándome, hasta que dejo de llorar.

Me siento como una celebridad con guardaespaldas propio. Todos me siguen mirando, aún sonríen, pero con Colin ahí, casi nadie tiene el valor de hablarme. Me siento más tranquila. Todavía tengo ese loco golpeteo en el pecho, pero es soportable.

La Sra. Van de Wetering llega de la escuela con una gran bandeja de panecillos. (No sabía que papá manejaba su dinero también.) Me trae uno en un plato y me dice que me lo coma.

No se pone sensiblera conmigo, por suerte. Sólo me dice:

—Esto es muy duro, Ria. Trata de dormir lo suficiente. Y no te preocupes por la escuela. Les diré a los maestros que te envíen las tareas por correo electrónico o que te las manden con Colin... Si yo fuera tan delgada como tú, le pondría un poco de mermelada. ¿Quieres?

Sacudo la cabeza. Le dice algo a Colin en un murmullo sobre que él también puede faltar a clase hoy. Después me da un pragmático golpecito en el hombro.

—La cabeza en alto, pequeña.

Y la mantengo en alto, al menos hasta que la puerta se abre de golpe y entran volando Sophie y Helena. Se lanzan sobre mí, llorando. Las lágrimas y el rímel corren por sus mejillas. Todo el mundo se voltea a mirar.

—¡No es justo! ¡No es justo! ¿Por qué Steve? —dice Helena, desconsolada.

Sophie toma mi cara y me obliga a mirarla.

—Ria, nosotras también lo queríamos. Todos lo queríamos. Tú lo sabes.

Empiezo a temblar. Me abrazan más fuerte. Creen que me han conmovido con sus sentidas lágrimas, pero no es eso. Lo que me está afectando es darme cuenta de que esto es sólo un drama más para ellas. Darán su espectáculo público de dolor y después se irán a casa a mandarles mensajes de texto a sus amigos con las últimas noticias. *X Dios. ¿Supieron lo del papá de Ria?*

Las empujo.

—Perdón —digo—. Perdón. Necesito un poco de aire.

Me dirijo a la puerta trasera. Mamá está ahí, agradeciéndole a la abuela de Helena por el guisado. Voltea hacia mí con esa expresión ausente en la mirada.

Todos los demás deben pensar que tiene el corazón roto por el accidente, pero yo sé la verdad. Ha tenido esa misma expresión por meses. El hecho de que papá esté desaparecido no ha cambiado nada para ella.

No puedo soportarlo.

Me doy la vuelta y me dirijo hacia la puerta delantera. Helena comienza a correr detrás de mí. Levanto la mano para detenerla.

—No. No —logro decir con un chillido—. Por favor.

Salgo a la terraza. El sol brilla y el clima es más cálido que en días. Pienso en papá, en algún lugar del bosque, adolorido... y al menos me siento agradecida por el clima. No tendrá frío. Los helicópteros podrán encontrarlo. Lo logrará. Va a volver.

No estoy muy segura de cómo rezar, así que sólo susurro: "Por favor. Por favor. Por favor".

Escucho que un auto estaciona frente a la casa. Abro los ojos. Veo a Tim/Tom salir del lado del pasajero. Lleva un arreglo de flores: claveles de un azul brillante envueltos en un cono de papel verde.

Estoy sorprendida. No parece del tipo que regala flores. Entonces veo todos los otros arreglos florales, las tarjetas, las velas y los globos apilados contra nuestra cerca. Es como un santuario.

O un cementerio.

Mis dientes empiezan a castañetear.

Tim/Tom dice:

—Lamento mucho tu pérdida.

Después regresa a su auto, antes de que pueda darle las gracias o gritarle.

Capítulo siete

Colin debe presentir que algo está mal.
En sólo un instante ya está fuera de la
casa con las manos en mi cintura.

—Está bien, Ria. Está bien. Vámonos
de aquí —me susurra al oído.

No le pregunto adónde vamos. No
puedo. Simplemente dejo que me dirija
por los escalones, que me haga entrar
al LeSabre y que maneje. Es como si

alguien me hubiera puesto droga en la comida. Ya no me siento conectada a mi cuerpo. Me escapo y floto hacia alguna otra parte.

Mientras esperamos en una intersección a que el semáforo cambie a verde, regreso de golpe a la realidad. En el carril de al lado hay una mujer que reconozco. Me está mirando. De repente me veo a mí misma como me ve ella: paseando con mi novio en mi vistoso convertible de color turquesa. Es casi como si hubiera una burbuja de pensamiento sobre su cabeza que dijera: *¿Qué tan despiadada puede ser esta chica? ¡Su padre podría estar muerto!*

Cuando la luz cambia a verde, digo de manera abrupta:

—¡Vamos! ¡Vamos!

Colin se sobresalta. Voltea y ve a la mujer del otro auto. No sé si entiende o no, pero pisa el acelerador.

Mantiene una mano en mi pierna y la otra en el volante. Va directamente al parque Point Pleasant.

—Aquí podemos estar tranquilos —dice.

Estaciona y caminamos por un sendero serpenteante a través del bosque hasta llegar a un viejo fuerte militar en ruinas. Durante el verano hay autobuses turísticos, campamentos infantiles y gente que viene a tomar sus fotos de bodas, pero hoy no hay nadie, aparte de una que otra persona haciendo ejercicio.

Colin arrastra una mesa de picnic para que quede medio escondida detrás de uno de los viejos muros de piedra.

Nos acostamos lado a lado sobre la mesa. Un pensamiento perdido llega flotando desde mi vida anterior: *Debería tener bloqueador solar. Soy del tipo que se quema.*

También papá. ¿Estará mojado, herido y ahora también quemado por el sol?

¿Seré rara por preguntarme algo así?

Extiendo la mano y tomo la de Colin. Al menos aquí no tengo que preocuparme de lo que los demás piensan.

—Gracias por rescatarme —le digo.

Voltea a mirarme y sonríe. Tiene un ojo entrecerrado por el sol. El otro es tan verde como una manzana *Granny Smith*.

—Nada de gracias —dice—. Lo que pasa es que te quería para mí solo.

Es el tipo de cosas que diría papá, uno de esos rollos que inventa para hacerte sentir bien. Hago lo que puedo por seguirle la corriente.

—Mentiroso —le digo—. Te habría encantado quedarte ahí todo el día o al menos hasta que se acabaran los panecillos.

Los dos nos reímos, aunque no fue tan gracioso.

—Simplemente no pude soportarlo más —digo—. Todos me miraban. Todos esperaban que actuara de una determinada manera. Y Helena y Sophie llamando la atención con su drama. Me dieron ganas de gritar.

Me apoyo en un codo y miro a Colin.

—No está muerto —le digo—. Estoy segura. ¿Cómo voy a aceptar las estúpidas condolencias de toda esa gente si ni siquiera está muerto? De verdad que eso me enfurece.

Colin se apoya también en un codo. Me pone la mano en la cadera.

—Sólo están tratando de ser amables, Ria.

Cierro los ojos con fuerza y dejo escapar un gruñido de frustración.

—Bueno, pues no son amables. Me están haciendo sentir muy mal. Y no… Puedo… Soportarlo.

Me dejo caer en la mesa con un brazo sobre la cara. Nos quedamos un buen rato en silencio.

—Bueno, no tienes que soportarlo —dice Colin y se inclina sobre mí—.

Olvídate de toda esa gente. No tenemos que estar con ellos. Te pasaré a recoger cuando salga de la escuela e iremos a algún lado, sólo tú y yo. Podemos actuar como queramos. Podemos hacer lo que queramos. Podemos estar tristes, contentos o enojados... lo que sea. ¿Está bien?

No sé qué haría sin él.

Capítulo ocho

Me quedo en casa y duermo o veo películas o hago como que leo un libro hasta las tres de la tarde, cuando llega Colin. Recogemos a Elliot de la escuela, comemos algo rápido y desaparecemos.

Desaparecer, de eso se trata todo esto. Colin cerró el techo del LeSabre. Todavía llama la atención, pero ahora la mayoría de la gente no puede verme hecha un ovillo en el asiento del pasajero.

Vamos hasta el parque. En las noches cálidas, nos sentamos junto al fuerte. En las más frías, estacionamos en un rincón y nos quedamos abrazados en el auto.

A pesar de cómo suena, no nos la pasamos en romance. A veces vemos una película en mi *laptop*. Otras prendemos la luz interior del auto y hacemos la tarea o jugamos mancala. Una vez, Colin puso una estación de canciones viejitas en la radio y bailamos bajo el farol.

A veces (al menos una vez al día), simplemente me pongo a llorar en el asiento delantero.

Esta noche lloro más de lo habitual. Han pasado cinco días desde el accidente. Los buzos sólo han encontrado una de las botas de papá y una manga de su chaqueta. Los equipos de rescate han registrado el bosque de los alrededores. No hay señales de él.

Lo sienten mucho, dijo hoy el hombre que está a cargo, pero han cancelado la misión de rescate. Lo más que esperan ahora es recuperar el cuerpo.

La versión oficial es que se supone que Steve Patterson ha fallecido.

¡Se supone!, quiero gritar. *¿Cómo pueden suponer? No conocen a papá. No saben lo que es capaz de hacer. Sólo han pasado cinco días.*

Lloro a gritos. Colin no deja de pasarme pañuelos Kleenex. No sé cómo no está asqueado. Tengo los ojos rojos, la nariz enorme y mi frente está palpitando como si en lugar de cerebro tuviera un corazón.

Cuando finalmente quedo agotada, Colin me toma la mano.

—Ria —me dice—, sé que esto es duro, pero creo que vas a tener que aceptar que tu papá se ha ido.

Trato de alejarme, pero no me deja.

—Ese lago es muy profundo y helado —continúa—. El avión quedó completamente destrozado. Ni siquiera un hombre tan listo, atlético y fuerte como Steve podría haber sobrevivido.

Le lanzo una mirada de furia, pero sigue hablando y no me deja ir.

—Te apuesto a que tu papá nos está mirando desde arriba ahora mismo y que hubiera deseado quedarse por aquí mucho más tiempo. Pero también te apuesto a que no le gustaría que se te pusieran los ojos rojos por él.

¡Como si tuviera alternativa! Le doy la espalda.

—Él querría que fueras fuerte, que estuvieras bien. No le gustaría que te perdieras lo bueno de la vida sólo porque él no está. Te estaría diciendo que disfrutaras de la vida, que siguieras adelante, que aprovecharas cada día al máximo. Así era él. ¿No tengo razón?

—dice y me levanta la barbilla—. ¡Hazlo en grande o no lo hagas! Vive la vida. Come, bebe y sé feliz.

Sigue con eso hasta que me hace reír.

La verdad es que *tiene* razón. Ese tipo de cosas es justo lo que diría papá.

Me limpio la cara y pongo la sonrisa Patterson.

—Así que me gustaría hacer una sugerencia… —dice Colin. Alarga la mano hacia el asiento trasero y toma dos copas de champagne y una botella de Lime Rickey. Eso me hace reír en serio. Sólo Colin podría recordar que a papá le encantaba el Lime Rickey.

Llena nuestras copas. Los faroles hacen que el verde de la bebida parezca radiactivo.

—De ahora en adelante, cuando pienses en tu papá, quiero que recuerdes a toda la gente que hizo feliz, a toda la gente que hizo reír y a toda la gente, claro, que hizo rica. Yo sin duda voy a pensar en él el año próximo, cuando empiece la universidad con la colegiatura pagada.

Entrechocamos nuestras copas.

—Por Steven John Patterson —dice Colin—. ¡Sólo espero algún día ser al menos la mitad del hombre que era él!

Pienso que ya lo es.

Capítulo nueve

Se me hace fácil sentirme bien cuando estoy con Colin. Es mucho más difícil cuando él no está cerca.

Sé que ya debería volver a la escuela, pero no soporto ni siquiera imaginar que todos me miren con esas caras tristes.

En lugar de ir a la escuela, durante los últimos días me he quedado en casa, en pantalones de gimnasia y con anteojos, esperando que llegue Colin. La cómida me provoca náuseas. Las películas me aburren y la TV me deprime. No puedo ni pensar en hacer ejercicio. En general sólo me siento y "leo". Llevo tres días en la página 27.

Lanzo mi libro al otro lado del cuarto.

Me avergüenzo de mí misma. Papá no me educó para ser una indefensa damisela que se sienta a esperar que alguien la rescate.

Me levanto y respiro hondo. Voy a empezar a trabajar en algunas de las tareas que me ha estado mandando la Sra. Van de Wetering. Mañana regreso a clases.

Me siento frente al mostrador de la cocina y enciendo mi *laptop*. El martes hay un examen de matemáticas. Tendré que pedirle a alguien sus apuntes para el laboratorio de química. Un ensayo de quinientas palabras para Asuntos Internacionales: *Utilizando fuentes impresas y en línea, explica cómo está impactando el desarrollo de la economía china al medio ambiente global.*

Bien. Puedo hacer eso.

Recuerdo un documental de TV sobre la contaminación del agua en China. La imagen repentina del avión de papá chocando contra el agua aparece en mi cerebro, pero la borro enseguida.

Soy una Patterson. De pie y luchando.

Hago una búsqueda en Google: *China, impacto medioambiental*. Bajo por la pantalla. No encuentro lo que busco, pero después de un rato me doy cuenta de algo. Me siento bien. Por primera vez desde que desapareció papá, soy yo misma de nuevo. Soy sólo una chica de diecisiete años, ocupada con las tareas de la escuela. Es consolador.

Encuentro información del documental, o al menos de uno parecido.

Hago clic y se abre la página de Internet de un noticiero. El enlace del documental está a la izquierda. Debería abrirlo, pero no lo hago. En lugar de eso, reviso los titulares. Me doy cuenta de que desde el accidente he vivido en una burbuja. No había leído nada sobre el terremoto en Centroamérica, sobre el escándalo por el Óscar a la mejor actriz o sobre el psicópata que secuestró un autobús lleno de turistas en Montreal.

Tampoco había oído las noticias sobre mi padre.

Se sospecha de suicidio en muerte de millonario

En vida, Steve Patterson proyectaba la brillante imagen perfecta del hombre hecho a sí mismo: inteligente, encantador, atlético, generoso. Elevándose de una infancia marcada por la pobreza, se convirtió en el consentido de la industria de la inversión, a menudo obteniendo rendimientos del 20 y del 30 por ciento para sus clientes, incluso durante recesiones.

Ahora, a ocho días de su presunta muerte en un accidente aéreo, está emergiendo una imagen muy distinta del inversionista. Comienzan a generarse reportes de inversores que descubren que sus cuentas bancarias han sido vaciadas y que sus portafolios financieros no valen nada. Es posible que el Sr. Patterson haya defraudado a sus clientes por cerca de cien millones de dólares.

Los nerviosos empleados de S.J. Patterson Financial Holdings se han negado a responder a las preguntas de los reporteros.

Ahora la policía sospecha que la desgracia del sábado pasado no fue accidental. "El suicidio es sin duda una de las posibilidades que estamos analizando", dijo la sargento Jo Yuen.

"La investigación preliminar sugiere que el Sr. Patterson sabía que las autoridades estaban por atraparlo. Tenía que saber que la ruina financiera para él y para sus clientes era segura".

El hospital de Hálifax, el Sindicato de Montadores de Calderas de Vapor y la Universidad Comunitaria Chebucto son sólo algunas de las grandes instituciones que pueden haber perdido millones debido a sus inversiones con S.J. Patterson Ltd.

Más triste aún es el destino de los incontables inversionistas menores, de todos esos jubilados y propietarios de negocios pequeños para los que el Sr. Patterson fue en otro tiempo un héroe.

Capítulo diez

No. No. No. No. Es todo lo que puedo pensar. Esto está mal. Es un error. Tiene que ser un error.

Estoy temblando como una anciana. Busco en Google *S.J. Patterson* y veo que *The Herald*, *The Times*, *Newsnet*... todos tienen el mismo artículo.

Alguien, alguna persona triste, amargada, retorcida que estaba celosa del éxito de papá, que no podía soportar lo popular que era o que lo odiaba por alguna otra razón mezquina, inventó una historia falsa y ahora todo el mundo la cree.

Tengo que hacer algo. Tengo que detener esto.

Pienso en lo que nos dijo la maestra de Arte en los Medios sobre la seguridad en la Internet. Nos advirtió que escribir una cosa estúpida o publicar una sola foto "inapropiada" podía perseguirnos por el resto de nuestras vidas.

No puedo detenerlo. Nunca podré detenerlo.

Escucho a mamá caminar en el segundo piso y una parte más joven de mí misma quiere correr llorando hasta ella. Pero enseguida me doy cuenta de que mamá no va a ayudarme. Ya no quiere a papá. No hay duda de que estaría feliz de encontrar por fin una buena razón para haberlo corrido de la casa.

Me enjugo las lágrimas con las manos y obligo a mis labios a que se queden quietos. Tengo que descubrir qué hacer. ¿Llamar a los medios? ¿Hablar con un abogado? ¿De qué serviría eso? Soy casi una niña. Soy *su* hija. ¿Quién va a escucharme?

Hago lo único que se me ocurre. Llamo a Colin.

Su teléfono está apagado.

Claro. "Los teléfonos celulares no están permitidos en la escuela".

De repente me da miedo que mamá baje al primer piso y me encuentre en este estado.

Tengo que salir de aquí. Iré a la escuela. Miro la hora. Colin debe estar en clase de francés. Él sabrá qué hacer.

Voy al baño y me echo agua en la cara. Me veo terrible. Mi piel es del color del tocino crudo.

No puedo salir así. Papá nunca saldría de la casa con este aspecto.

"Pon tu cara de circunstancia y viste tu mejor camisa". Eso es lo que él siempre dice.

Escondo mi desastrosa camiseta bajo el abrigo de Club Mónaco que me compré justo antes de que pasara todo. Me peino con una cola de caballo. Me pongo un poco de corrector, rímel y brillo labial. También me debería poner los lentes de contacto, pero mis ojos no pueden aguantar nada más.

Por suerte anoche Colin dejó aquí el LeSabre. Tomo las llaves.

—Voy a la escuela. ¿Puedes recoger a Elliot? —grito hacia el segundo piso y me escapo por la puerta antes de que mamá me pregunte por qué.

La pila de flores y de tarjetas frente a la casa se ha triplicado desde el domingo. La primera vez que la vi me hizo enojar, pero ya no. Ahora es una prueba de que todas esas historias no son más que basura. ¡Miren todos!

¡Vean cuánto quiere la gente a Steve Patterson!

Bajo los escalones para verlo todo de cerca. Unas rosas amarillas de alguien que se llama Stacy. Una tarjeta "¡de tu café favorito!". Una vela de la Sra. Purcell, de la casa de enfrente. Y un cartel con brillantes letras rojas: *Que te quemes en el infierno, cerdo.*

Casi pierdo el equilibrio. Estrujo el cartel y lo meto en mi bolso. Veo otra tarjeta: *Desaparecido, pero no olvidado... igual que mi dinero. Pagarás algún día.* La agarro también, así como el arreglo de flores que tenía pegada esa nota amarga.

Debería revisarlo todo, tirarlo a la basura. ¿Y si Elliot lo ve? Me lo imagino preguntándome qué dice el cartel.

Una camioneta blanca con una antena parabólica en el techo da vuelta en nuestra calle. Es un equipo de TV, la unidad móvil de *¡En vivo a las cinco!*

Estoy respirando demasiado rápido. ¿Qué debo hacer? ¿Quedarme y defender a papá? ¿Cómo? ¿Qué puedo decir?

Hago como si fuera una extraña que se ha detenido a ver las flores. Me subo al LeSabre y me voy. Nunca antes había manejado un auto tan grande. Es sólo una cosa más que apenas puedo manejar.

La Sra. Lawrence, la secretaria de la escuela, me mira raro cuando paso por la puerta.

—Ria, no esperaba que volvieras, considerando, este…

¿Considerando qué? Las dos nos quedamos paralizadas por un segundo. La dos sabemos lo que estuvo a punto de decir. Se pone pálida y empieza a revolver cosas en sus cajones en un intento desesperado por parecer ocupada. Lo uso como excusa para irme.

Siento que sus ojos me siguen por el pasillo. También siento que me mira el Sr. Samson. Y las tres chicas que paso junto al bebedero. Y los chicos en clase de gimnasia que salen al patio. Todos me miran.

¿Ven a la chica que ha perdido a su padre… o a la chica cuyo padre es un ladrón?

Capítulo once

Toco en el salón 208. La Sra. LeBlanc abre la puerta.

—*Oui?*

Me inclino hacia adelante y susurro:

—Perdón, pero necesito hablar con Colin MacPherson.

Se supone que los estudiantes no pueden interrumpir las clases, pero la Sra. LeBlanc me conoce. Me mira con una sonrisa de compasión, del tipo que he estado temiendo ver.

—Un momento —me dice y abre la puerta de par en par—. Colin M., tienes visita.

Todos en la clase voltean y me miran. Algunos susurran algo cubriéndose la boca. Me siento como uno de esos prisioneros que antes encadenaban en las plazas públicas.

Colin tiene una expresión extraña. Debe saber lo alterada que estoy. Remueve cosas en su escritorio por un segundo y después se levanta y empieza a caminar hacia mí. Está a la mitad del camino cuando Jared Luongo exclama:

—¡Oye, Ria, al final parece que tu papá tuvo lo que se merecía!

Hay un momento de confusión en el que todos lanzan un grito ahogado, rechinan muchas sillas y la Sra. LeBlanc trata de poner orden en la clase.

No sé qué estoy esperando que haga Colin. ¿Pegarle al tipo? ¿Correr hacia mí? ¿Murmurar algo tranquilizador a mi oído, algo como "No lo oigas. Es un imbécil"?

No sé qué estoy esperando, pero cualquier cosa hubiera sido mejor que lo que hace.

Titubea.

—¿Colin? —digo, tan impactada que apenas se escucha.

Da tres pasos hacia mí y se detiene a sólo un metro de distancia.

Abre la boca para decir algo, pero no tiene que hacerlo.

Sé enseguida que ya ha oído las historias. Que piensa que son ciertas. Que las ha escogido por encima de mí.

Me quedo parada con la boca abierta y revisando el salón con los ojos en busca de otra explicación. Es entonces cuando veo a Helena. Me había olvidado de que toma esta clase. Siento un destello de esperanza, pero toma su pluma y empieza a escribir algo en su cuaderno.

Ni siquiera puede verme a la cara.

Me doy la vuelta y me echo a correr por el pasillo. Se abre una puerta y el Sr. Goldfarb dice:

—No se puede correr por…

Ve que soy yo y regresa a su salón en silencio.

Él también lo sabe.

Todos lo saben.

No dejo de correr sino hasta que llego al LeSabre.

Durante todo el camino a casa, no pienso más que en Colin. No puedo creer que me haya hecho esto… ¡que le haya hecho esto a papá! Me siento traicionada, herida y furiosa, pero de repente es como si un ácido se filtrara en mi cerebro. Veo las palabras *estafa multimillonaria* y sólo por un segundo me imagino a los MacPherson perdiendo todo lo que tienen por algo que hizo mi padre.

Me siento como si estuviera en una película de terror y hubiera un psicópata esperándome detrás de cada puerta.

Sólo quiero llegar a casa, lo que sea que eso signifique. Piso a fondo y doy un acelerón.

Ni siquiera he dado la vuelta en nuestra calle y ya veo al menos cuatro camionetas de noticias acampando afuera de casa. No puedo enfrentar a esa gente. Doy una vuelta brusca a la izquierda y estaciono en la siguiente calle. Me quedo sentada en el auto, aturdida, al menos una hora, demasiado asustada como para moverme. Muy pronto van a llegar los chicos de la escuela. Van a ver el LeSabre. Van a verme a mí. Salgo del auto y voy a casa a hurtadillas por la parte de atrás, por el patio de los vecinos. La vecina me ve desde la ventana del comedor y me saluda con la mano.

La saludo también. Es obvio que no cree las historias.

O tal vez todavía no se ha enterado.

Mamá está sentada con Elliot a la mesa de la cocina mientras él come su tentempié de la tarde. Se levanta cuando me ve entrar. Es muy raro, muy formal. Me da miedo.

—Ria, me alegra que estés de vuelta —dice, pero no se ve para nada contenta—. Tengo que hablar contigo y con Elliot.

Se sienta y le da un golpecito a otra silla para que yo me siente también.

Esto suena muy mal. Va a decir algo de papá. Me doy cuenta. Quiero gritarle… *podría* gritarle, pero Elliot está aquí, con un aspecto tan dulce, inocente y casi feliz, comiendo su galleta de avena.

Sostengo mi bolso sobre el regazo como si estuviera lista para salir volando en cualquier momento.

—Ya deben haber visto las camionetas que hay afuera —dice.

—¡Sí! —exclama Elliot. Para él esto
es un gran acontecimiento—. *¡En vivo
a las cinco!* Igual que en la tele. ¡Se lo
tengo que contar a mi maestra!

Mamá extiende una mano y le
revuelve el cabello.

—Hmm. Corazón, no sé si eso sea
una buena idea.

Eso lo confunde. A su maestra le
encanta *¡En vivo a las cinco!*

—¿Por qué no? —pregunta.

Mamá lo ignora. Elliot agarra su
galleta con tanta fuerza que se rompe un
gran pedazo, pero ni siquiera lo recoge.

Los labios de mamá sonríen.

—En muchos sentidos, su padre era
un hombre maravilloso... Sin duda los
amaba muchísimo a los dos.

Ya sé lo que viene.

—Pero hay algunas cosas sobre
él que probablemente deberían saber

—dice y se aclara la garganta—. Él era un corredor de bolsa, lo que quiere decir que la gente le daba su dinero para que él lo invirtiera en su lugar.

Los ojos de Elliot están muy abiertos, enormes. Está tratando con todas sus fuerzas de ser bueno, de comprender.

—¿Que quiere decir "invertir"?

Ella se lo explica. Sé que sólo me queda un minuto. Le va a decir lo que significa "invertir" y después le va a decir lo que significa una "estafa multimillonaria".

Le va a decir a Elliot que nuestro padre es un delincuente. Sé que va a hacerlo. Eso es lo que quiere. Volverá a su propio hijo en contra de papá. Aparte de mí, ya no habrá nadie más que crea en él.

—¿Papi compra empresas para la gente? —pregunta Elliot—. No entiendo.

Mamá desvía la mirada, tratando de encontrar otra forma de explicarle el funcionamiento de la bolsa de valores a un niño de cinco años.

—Perdón —digo—. Sé que esto es importante… pero, ¿podríamos hablar más tarde? Colin quiere llevarnos a Elliot y a mí a escalar la Gran Pared esta tarde.

Elliot empieza a dar saltos en su silla.

—¡Sí! ¡Bravo! ¡Vamos a escalar la pared!

Mamá no sabe qué hacer. Puedo verlo. Su pequeña charla no va tan bien como esperaba y además ahora no hay forma de que Elliot la escuche.

Lanza un suspiro. Se frota los codos con las manos y dice:

—¿A qué hora van a volver?

—También quería llevarnos a comer una hamburguesa —digo, provocando más gritos de felicidad de Elliot—, así que no creo que volvamos antes de las ocho u ocho y media.

Mamá sabe que ha sido vencida.

—Bueno, Elliot, pero tienes que tomarte tu medicina antes de salir.

En general, Elliot odia su inhalador para el asma, pero esta vez prácticamente se lo traga. No pierdo tiempo al ponerle los zapatos y el abrigo. En tres minutos estamos del otro lado de la puerta.

Elliot cree que nos vamos por la parte trasera y que trepamos la cerca porque estamos practicando para escalar mejor la pared.

Capítulo doce

Ya no tengo miedo.

No. Eso no es cierto. *Sí* tengo miedo, pero ahora ya casi no lo noto. Es como si fuera un ruido que te molesta por un rato, pero finalmente te acostumbras a él y ya casi no lo escuchas.

Elliot va en el asiento del pasajero del LeSabre, con el cinturón de seguridad puesto, parloteando como si fuéramos a una fiesta de cumpleaños. Me doy cuenta de que tarde o temprano voy a tener que decirle lo que está pasando.

Escucho otra vez el sonido del miedo.

Estamos saliendo de la ciudad. Pasamos la calle que lleva a la casa de Colin.

—¡Oye! —dice Elliot—. ¿No vamos a recoger a Colin?

—Este… no, ahora no.

Voltea a verme y me mira con un ojo cerrado. Es su cara de pirata gruñón.

—¿Por qué no?

—Perdón, Elliot. No puedo hablar ahora. Tengo que decidir hacia dónde voy.

Al menos eso es cierto. *¿Adónde* voy?

No lo sé. Simplemente tengo que irme de aquí.

Tengo que ir a algún lugar donde no nos conozca nadie. Un lugar donde podamos superar esto.

Conseguiré un empleo. Pondré a Elliot en la escuela. Vamos a estar bien; mejor de lo que estamos aquí, de eso no hay duda. Yo me ocuparé de él. Voy a criarlo para que sea como papá: bueno, inteligente, gracioso y amable.

Algún día, cuando todo este lío se haya resuelto, los dos vamos a demandar a toda la gente que dijo cosas malas de papá. Entonces seremos ricos de nuevo. Vamos a reír al último.

Aprieto demasiado fuerte el acelerador. No quiero hacerlo, es sólo que de repente me siento muy emocionada.

Papá siempre decía: "La palabra *crisis* es sólo otra forma de decir *oportunidad*".

Tomo la salida hacia la autopista y sonrío.

Puedo hacerlo.

Quisiera saber cómo bajar el techo. Quisiera acelerar al máximo y sentir el viento en mi cabello. Es como si fuera

lo apropiado, lo que hay que hacer.
Esto debería ser una celebración, no
un escape cualquiera. No hemos hecho
nada malo.

Vamos a rentar nuestro propio aparta-
mentito, Elliot y yo. Yo voy a decorarlo
y aprenderé a cocinar. Voy a organi-
zar una gran fiesta de cumpleaños para
cuando Elliot cumpla seis y voy a invitar
a todos sus nuevos amigos.

—Ria, vamos hacia el otro lado.
La Gran Pared está hacia atrás.

Elliot estira el cuello para poder ver
por encima del tablero.

Por un momento pienso decirle "No,
vamos bien" y alargar el asunto un poco
más, pero no lo hago. Pienso en todas
esas mentiras sobre papá y en cómo
lastiman, y me doy cuenta de que tengo
que decir la verdad. Me prometo a mí
misma que siempre voy a decirle a Elliot
la verdad.

—Tienes razón, cariño. Este no es el camino hacia la Gran Pared. De hecho vamos a otra parte.

Elliot abre muy grandes los ojos y la boca.

—¿Adónde? —dice con una suave vocecita.

—¡Vamos a vivir una aventura! —digo, sonando como presentadora de un programa para niños—. Mami ya no puede cuidarnos, así que vamos a conseguir una nueva casa en otra parte...

Quiero que alce los brazos en el aire y que grite "¡Bravo!", como antes, pero no lo hace. Me mira como si fuera la peor mentirosa del mundo. Después rompe en llanto.

—¡No me gustan las aventuras! ¡Quiero a mi mami! —grita. Patea el tablero y lanza la cabeza hacia adelante y hacia atrás como si alguien lo estuviera abofeteando.

Siento como si hubiera sacado el palito equivocado de la torre de Jenga. Todos mis planes se van al suelo.

—¡Shh! ¡Shh! Elliot. ¡Cálmate! —le digo, pero me cuesta trabajo hasta calmarme a mí misma.

¿Por qué pensé que esto iba a ser fácil?

Nos acercamos a una salida. Podría dar la vuelta ahí y llegar a casa hacia las seis. Podría darme la vuelta, llevar a Elliot a la Gran Pared y volver a casa a las ocho.

Pongo el señalero… pero me quedo en la autopista.

No puedo regresar con mamá y a las mentiras y al hecho de que Colin ya no está ahí.

Elliot está gritando a todo pulmón y pataleando. Me preocupa que sus zapatos dejen marcas en la tapicería de cuero blanco.

Hago lo que puedo por no oírlo y me inclino hacia adelante. Me digo a mí misma que debo seguir. Ya se me ocurrirá algo.

El llanto de Elliot finalmente se suaviza hasta ser un gimoteo ahogado. Deja de preguntarme adónde vamos. El cielo comienza a oscurecerse y mis manos se entumen por apretar tanto el volante.

Noto que el tanque de la gasolina está casi vacío. Tomo la siguiente salida y busco una gasolinera. Todo ese tiempo, mi cabeza está haciendo frenéticamente nuevos cálculos. ¿Qué tan lejos podemos llegar antes de que mamá haga sonar la alarma? ¿Qué tan lejos podemos llegar con un tanque de gasolina? ¿Qué tan lejos podemos llegar antes de que Elliot se derrumbe?

Paro junto a la bomba y saco mi cartera. Suena estúpido, pero es la primera vez que me doy cuenta de que tengo que encontrar la forma de pagar por todo.

Mamá cortó mi tarjeta de crédito. Tengo dieciocho dólares en billetes, tal vez dos más en monedas. Tengo una tarjeta de débito, pero dudo que haya más de treinta y cinco dólares en mi cuenta.

Siento un pequeño choque eléctrico de pánico, pero entonces pienso: *No. Algo lo arreglará todo. Vamos a estar bien.* Esa fue siempre la actitud de papá.

Comienzo a llenar el tanque. No puedo creer lo rápido que se llega a treinta dólares. Le digo a Elliot que no se mueva y entro a la estación a pagar. La chica del mostrador pasa mi tarjeta. Tecleo mi NIP y contengo la respiración. La aceptan. Es una buena señal.

Saco unas monedas y compro una coca-cola y una bolsa de papitas fritas para Elliot. Enseguida me siento culpable. Mamá nunca lo dejaría comer así.

Al menos la comida chatarra lo hace feliz por un rato. Prendo la radio y pongo la estación más sensiblera que encuentro. Durante más o menos una hora, viajamos por la autopista con la música a todo volumen. Si tan sólo pudiera olvidar todo lo demás, casi parecería que estamos viviendo una aventura.

Estoy empezando a ver carteles de lugares de los que sólo había oído hablar en el reporte meteorológico. Apago la radio cuando empiezan las noticias de las ocho. Me doy cuenta de que no siempre voy a poder simplemente apagar las cosas. Elliot va a escuchar las historias algún día. Tendré que estar lista para eso.

El cielo ya está negro, más negro de lo que nunca lo está en la ciudad. Me imagino nuestra casa toda iluminada por las luces del televisor. Mamá está sin duda empezando a esperar nuestros ruidos en la escalera.

¿Cuánto tiempo pasará antes de que se preocupe? ¿Cuánto antes de que me llame? Meto la mano en mi bolso y apago mi celular. No quiero que Elliot me pregunte por qué no contesto el teléfono.

—Tengo que hacer pipí, Ria.

Todavía no quiero parar. Quiero alejarme tanto como sea posible.

—¿Puedes esperar?

No tiene que contestarme. Me doy cuenta, por cómo se mueve, de que tengo que encontrar un baño enseguida.

¿Y si no llegamos a tiempo? ¿Y si se moja los pantalones? Debí haberle traído un cambio de ropa.

Tomo la siguiente salida y, por suerte, hay una gasolinera a sólo un minuto de distancia. Veo el medidor de gasolina. El tanque está otra vez casi vacío. El auto me va llevar a la ruina.

Elliot corre al baño apretándose la entrepierna.

Un chico de veintitantos lo ve entrar corriendo y se ríe.

—Ya he pasado por eso —dice y entonces ve el LeSabre—. Bonito auto.

Asiento con un gesto. Estoy demasiado preocupada por el dinero como para responder. Tenemos que comer, encontrar un lugar donde dormir...

—¿Qué tal se maneja?

—Bien —digo y me encojo de hombros. Estoy tratando de sacármelo de encima, pero entonces se me ocurre una idea—. ¿Quieres dar una vuelta?

Me mira como diciendo *¿Es una broma?*

—¡Claro que sí! —dice al fin.

—Bueno —le digo—. Veinte dólares por veinte minutos.

Puedo ver que le sorprende que vaya a cobrarle, pero eso no lo detiene.

—Muy bien —dice y me da un billete de veinte dólares—. Y mira, te dejo mi acta de nacimiento. No quiero que te preocupes de que no vuelva.

Elliot sale del baño justo a tiempo para ver que el chico se sube a nuestro auto. No pregunta por qué. Creo que ya le dan miedo las respuestas.

Le tomo la mano y veo cómo sale el auto hacia la calle. Hay un montón de gente frente a la gasolinera que también lo mira. No es posible esconder un LeSabre 1962.

Elliot y yo hemos estado sentados en el bordillo unos diez minutos cuando llega un autobús. Toda la gente frente a la estación se acerca. Me doy cuenta de que nadie suele prestarle mucha atención a un autobús.

Escucho un suave *ping* en mi cabeza.

—¡Vamos, Elliot! —digo—. ¿Quieres dar una vuelta?

El cartel del autobús dice *Cypress-Riverview*. El conductor sale para fumar un cigarrillo mientras los pasajeros se acomodan en sus asientos.

Tengo los veinte dólares del chico en la mano. Y en mi cartera unos dieciocho más. Quién sabe cuánto más en mi cuenta de débito (si es que hay algo). Tengo que guardar un poco para comida. Eso quiere decir que podría gastar unos treinta dólares en boletos de autobús.

—Disculpe —le pregunto al conductor—, ¿cuánto cuesta ir a... —Miro la ventana para ver el nombre de nuevo— ...Cypress?

El conductor aplasta el cigarrillo con el pie.

—¿A Cypress? Veintiocho dólares.

Se me cae el alma al suelo. Esto no va a funcionar.

—Eso es por usted. Si su hijo tiene seis años o menos, viaja gratis.

—No soy su hijo —dice Elliot, como si el conductor acabara de acusarlo de ser un asesino serial.

—Necesito dos boletos.

Dejo el acta de nacimiento del chico en la tienda. No sé lo que va a pensar cuando regrese, pero no tengo por qué avergonzarme de nada. Veinte dólares por un LeSabre en perfecto estado no es un mal negocio.

Capítulo trece

Es más de medianoche cuando el autobús llega a Cypress. Es un pueblo diminuto, no el tipo de lugar donde alguien puede perderse, eso seguro.

Elliot está profundamente dormido. Debería cargarlo, pero estoy demasiado cansada. Lo despierto con tanta delicadeza como puedo. Está sudoroso y confundido, pero no se queja.

Sale tambaleándose del autobús como un borracho en miniatura. En cualquier otro momento de mi vida probablemente me habría reído, pero hoy nada es gracioso.

¿Qué vamos a hacer ahora?

Miro las bancas de la estación y me da tentación que nos acostemos ahí a dormir, pero eso no va a funcionar. Mamá ya debe haber llamado a la policía. Nos encontrarían enseguida.

Me quedan como diez dólares. Con tan poco dinero no podemos pagar un hotel, pero nos congelaríamos si nos quedáramos al aire libre.

¿A quién le importa? Es inútil. ¿Cómo se me ocurrió que podía salirme con la mía? Es el tipo de ideas que me dan vueltas en la cabeza. Me siento en una banca y pongo a Elliot sobre mi regazo. Simplemente vamos a quedarnos aquí hasta que nos encuentre la policía.

Oigo un ruido. Volteo y veo a un hombre que sale por una puerta que dice *Objetos perdidos y encontrados*.

Justo como nosotros. Perdidos y encontrados. Pensar en eso me hace sentir muy lista, como si fuera la única persona de la clase de literatura que logró identificar el tema de la novela.

Pero entonces despierta en mí el lado Patterson.

No. Ni estamos perdidos ni queremos que nos encuentren.

Nos fuimos de gusto. Para tener una vida mejor. Esto es lo que queremos hacer.

Me levanto de un salto y corro hacia la puerta, arrastrando a Elliot de la mano.

—¡Fiuf! —digo—. Me alegro de no haber llegado demasiado tarde para verlo.

El hombre cierra la puerta con llave.

—Bueno, la verdad es que sí es tarde, querida. Son las doce y media y ya me voy a casa.

—¡Por favor! —le digo—. ¡Dejé un montón de cosas en el autobús la semana pasada y de verdad, de verdad las necesito!

Mis lágrimas, que no son sólo espectáculo, funcionan. El hombre se frota la boca con la mano, lanza un suspiro y abre la puerta.

—¿Qué perdiste? —me pregunta como si yo siempre le estuviera pidiendo ayuda.

—Este… una manta, una sudadera, un abrigo… —digo, tratando de pensar en qué más podríamos necesitar.

El hombre levanta una mano para detenerme.

—Espera. Empecemos con eso. ¿De qué color era la manta?

—¿De qué color? —respondo. Me doy cuenta de que si no adivino el color correcto, no voy a poder quedarme con la manta. Es como un programa cruel de televisión—. Este… gris.

El hombre apoya un puño en la cadera y nos mira con atención: Elliot, temblando en su pequeño suéter, y yo, con mi delgada y arrugada chaqueta. De plano que ya no se ve como una chaqueta del Club Mónaco de doscientos dólares.

—Bueno —dice—. Esperen aquí.

Regresa con los brazos cargados de cosas: una manta de lana polar roja, un pantalón de ejercicio y una sudadera de la U de T para mí, un traje de Supermán y un abrigo grueso para Elliot.

—¿Reconoces estas cosas? —me pregunta. Sólo está actuando.

—¡Un traje de Supermán! ¿Me lo puedo quedar?

El hombre lanza una carcajada al estilo de Papá Noel.

—Ajá. Siempre y cuando te encargues de poner tras las rejas a algunos tipos malos.

—Gracias —digo—. Muchísimas gracias.

—De nada —dice el hombre encogiéndose de hombros y cerrando de nuevo la puerta—. Cuídense mucho.

Hago que Elliot se cambie la ropa en el baño de mujeres conmigo. Está mucho más animado desde que consiguió el traje de Supermán. Guardo la otra ropa en mi bolso y salimos al frío.

Es una hermosa noche. Las estrellas son tan blancas y brillantes como luces LED contra el cielo negro. No sé en qué estaba pensando. En noches como esta uno no se da por vencido.

Capítulo catorce

Esto va a sonar de locos, pero lo voy a decir de todas formas.

Es como si papá estuviera aquí con nosotros. No en carne y hueso. No caminando con nosotros por el camino desierto. No quiero decir eso. (No me estoy volviendo loca.) Es como si estuviera aquí en mi cabeza. Es casi como tener a un orador motivacional en mi iPod, diciéndome que siga adelante, que sea optimista, que tenga fe. Vamos a estar bien.

Estoy agotada, pero no me detengo. Sólo sigo caminando… y hablando. Lo menos que puedo hacer es esforzarme para que Elliot se divierta. Le cuento todas las viejas historias que recuerdo de nuestros campamentos con papá. Cuando se me acaban los cuentos, invento otros nuevos. Con eso mantengo a Elliot en movimiento. Caminamos al menos una hora. Pasamos junto a varios pequeños edificios de oficinas de ladrillo, de viejas casas de madera y de una que otra tienda de abarrotes. No sé dónde nos encontramos exactamente, pero se ve que estamos llegando al final del pueblo. Cada vez hay menos edificios. A lo lejos hay una carretera.

Elliot ya casi no puede caminar derecho. Su peso hace que me duela el hombro. No dejo que eso me afecte. Me digo a mí misma que se siente como un buen estiramiento de yoga.

Llegamos a un pequeño parque. Elliot ve una banca y se desploma sobre ella antes de que pueda detenerlo.

—Necesito dormir, Ria —dice.

Tiene razón.

Sé que no puedo hacerlo caminar más, pero no puede dormirse aquí. Si un policía viera a dos chicos durmiendo en la banca de un parque, nos recogería incluso si no supiera que nos están buscando.

—¡Esa es una cama terrible! —le digo y tiro de él hasta que se pone de pie. Hago como que no noto sus gimoteos—. ¿Quieres ver una mejor?

No tengo idea de lo que voy a mostrarle. Tiro de él alrededor del parque en busca de un lugar escondido donde podamos acostarnos.

Veo un viejo y enorme pino con ramas que llegan hasta el suelo.

—¡Mira! ¡Un tipi! —le digo como si fuera la cosa más emocionante del mundo, pero a Elliot no podría importarle menos. Está tan cansado, que se balancea como un pingüino de Fisher Price.

Separo las ramas y nos arrastramos hacia el tronco.

Es una sorpresa que sea tan amplio aquí dentro. Hay suficiente espacio para que nos acostemos los dos muy juntos. Me siento mejor enseguida. ¡Parece tan seguro y cómodo! Hay algo en el olor que también es muy agradable.

Al principio creo que es porque me recuerda a la Navidad, pero entonces mi corazón da un vuelco y sé lo que está mal.

No huele a la Navidad.

Huele a Colin y a ese jabón de pino que usa. Trago una gran bocanada de aire, pero a pesar de todo siento que no tengo oxígeno suficiente.

—¿Ria? —dice Elliot y me doy cuenta de que lo he asustado. Me saco a Colin de la cabeza. Él era de mi vida anterior. Esta es una vida nueva.

—¿Te acuerdas de que papá nos enseñó cómo hacer un colchón en el bosque? —le digo—. ¿Te parece que podríamos hacer uno ahora?

Elliot me ayuda a amontonar muchas agujas de pino. Luego pongo mi bolso en el suelo para hacer una almohada y extiendo la manta sobre las ramas.

—Acuéstate —le digo a Elliot y él lo hace enseguida.

Me saco los anteojos, deshago mi cola de caballo y me acuesto con él. Estiro la manta sobre nosotros. Elliot se acurruca contra mí y se queda dormido sin darme tiempo de cerrar los ojos.

Antes odiaba que Elliot viniera a acostarse conmigo, porque genera

demasiado calor. Ahora me alegra.
Me mantiene caliente. Yo lo cuido.
Somos un equipo.

Vamos a estar bien.

Capítulo quince

Me estoy congelando y el dolor de espalda me mata. Abro los ojos. Me siento y parpadeo. Por un segundo no tengo ni idea de dónde me encuentro, pero entonces veo el árbol, la manta roja, el traje de Supermán de Elliot. Ya sé dónde estoy. Y no me gusta.

Me acuesto de nuevo. Siento que todo mi cuerpo palpita.

¿Qué he hecho?

Sopla el viento y nos caen encima agujas de pino. Huelo otra vez a Colin y tengo que abrir los ojos muy, muy grandes para evitar que aparezcan las lágrimas.

—Papá —susurro.

No sé si está aquí o no, pero el simple hecho de llamarlo me ayuda. Me lo imagino abrazándome. Siempre hacía eso. Me consolaba.

Al principio. Después me decía que lo superara. "Cuando la marcha se pone dura, los fuertes siguen marchando".

No me muevo. No estoy segura de qué tan fuerte soy.

"Haz como que estás bien hasta que estés bien". También solía decir eso.

Bueno. ¿Qué otra me queda?

Me pongo los anteojos. Separo las ramas y miro hacia afuera. No hay nadie cerca. Me imagino que son como las siete de la mañana.

Hora de desayunar. Recuerdo que ayer pasamos frente a una tienda de abarrotes. Espero que esté abierta, porque de repente estoy hambrienta.

Sacudo a Elliot, pero no hace más que meterse el pulgar a la boca y darse la vuelta. El pobre niño está deshecho.

Voy a dejarlo dormir. Nos espera un día difícil.

Saco con cuidado mi cartera de nuestra "almohada".

Miro alrededor para asegurarme de que no haya nadie cerca y salgo de debajo del árbol como un rayo. Tengo que apurarme. Si Elliot se despertara mientras no estoy, se angustiaría muchísimo.

Una señora mayor está abriendo la tienda cuando llego. Recojo un fardo de periódicos para ayudarla y lo llevo adentro. Estoy tratando de ser amable para que no me mire con desconfianza.

¿Por qué iba a desconfiar de mí? Soy sólo una chica comprando algo para el desayuno. No es tan raro. Relájate.

Recorro los pasillos. A Elliot le gusta el yogur, pero un botecito cuesta un dólar. No podemos permitírnoslo. Tomo una barra de pan integral. Cuesta casi tres dólares, pero al menos durará más tiempo. Veo los botes de mantequilla de maní, pero hasta el más pequeño es demasiado caro.

Otra vez me estoy poniendo frenética.

Regreso el pan al estante.

Tomo una botella pequeña de jugo, una caja de barras de granola y dos bananas. Hago un cálculo mental. Son más de seis dólares. Eso deja sólo cuatro.

Ya me preocuparé de eso más tarde.

La señora está acomodando los periódicos en un estante cuando me acerco a pagar.

Se limpia las manos en el blusón y pasa detrás del mostrador para cobrarme.

Es entonces cuando veo una gran foto a color de mí y de Elliot en la primera plana del diario.

Se busca a los hijos del corredor de bolsa desaparecido.

Capítulo dieciséis

La señora no me reconoce, pero debe notar que pasa algo. Una gota de sudor me corre por la frente.

—¿Necesitas algo más? —me pregunta.

Asiento y tomo un periódico. Le pago. Me da la bolsa y $2,43 de cambio.

Le doy las gracias y salgo lentamente por la puerta. No quiero que recuerde a la pelirroja que salió corriendo de la tienda.

Me pongo a correr apenas estoy fuera de su vista y no me detengo hasta llegar al parque. Elliot sigue dormido. Me siento y abro el diario.

Ahí está mamá ("la ex mujer del desacreditado corredor de bolsa Steven Patterson"), implorando por nuestro regreso. Hay un comentario del chico al que le dejé el LeSabre. Hay un policía diciendo que "se cree que abordaron un autobús a Cypress".

No hay nada del hombre de Objetos Perdidos que nos dio la ropa. ¿Será que no quiso delatarnos? ¿O tendría miedo de meterse en líos por habernos dado cosas que no eran nuestras?

¿Quién sabe?

Al menos todavía no habrá nadie buscando a un niño con traje de Supermán. Tengo que ver el lado positivo.

En la foto estoy usando los lentes

de contacto. Es probable que nadie me reconozca con anteojos. Ahora tengo el cabello más largo, pero sigo siendo pelirroja.

Usaré la gorra de mi sudadera.

Doy vuelta a la página.

Steve Patterson, antiguo favorito de la bolsa de valores, es sospechoso de haber defraudado a sus clientes por cientos de millones de dólares. Con su empresa ahora sin valor, es muy poco probable que ninguna de sus víctimas sea compensada. "El suicidio no es castigo suficiente para ese hombre", dice Dave MacPherson, quien admite que pronto tendrá que declararse en bancarrota como resultado de haber invertido todos sus ahorros con Patterson. "No sólo era mi asesor financiero. Era mi amigo. Y nos arruinó".

Tiro el diario a la basura, adonde pertenece. Después me cuelo entre las ramas para despertar a Elliot.

Capítulo diecisiete

Elliot está confundido. No entiende por qué tiene que hacer pipí afuera ni por qué no puede sentarse a comer su barra de granola. Por suerte ha aprendido a no quejarse.

Tomo mi bolso, guardo la manta en la bolsa de comestibles y nos vamos.

Tenemos que salir de Cypress; cuanto más lejos vayamos, mejor. Camino tan rápido como puedo, o más bien tan rápido como puede *Elliot*. No tardo mucho en darme cuenta de que necesitamos una nueva estrategia.

Veo a una señora canosa en nuestro camino.

—Disculpe —le digo.

Ella nos mira y sonríe.

—Perdí mi cartera y estamos retrasados para la cita de mi hermanito con el médico. Odio tener que preguntar, pero, ¿le molestaría ayudarnos con el boleto del autobús?

Su sonrisa se apaga un poco. Dudo que me crea de verdad, pero Elliot es realmente irresistible. Me da cinco dólares.

Le doy las gracias. Espero hasta perderla de vista antes de tratar el mismo truco con alguien más. Usaremos parte del dinero en el autobús y otra parte en comida.

No tardamos mucho en llegar a veintitrés dólares. Podríamos conseguir más, pero no quiero ser codiciosa. También me preocupa lo mucho que está empezando a disfrutarlo Elliot. Tose cada vez que menciono su cita con el médico.

La palabra *estafador* me carcome el cerebro, pero la ignoro. Sólo hacemos esto porque no nos queda otro remedio.

Estoy esperando a cruzar la calle, tomando la mano de Elliot, cuando pasa una patrulla de la policía.

¿Nos estarán buscando? No podemos quedarnos a averiguarlo. Apuro a Elliot a cruzar y lo hago correr hasta que llegamos a un campo abierto. Oigo el motor de otro auto que se acerca. Tiro de Elliot para que nos escondamos detrás de unos arbustos.

—¿No es divertido? —le pregunto.

Está confundido.

—Un poco —dice. Se está esforzando mucho por ser bueno.

Dos patrullas pasan muy rápido por el otro lado.

—¿Quieres jugar a las luchitas? —le digo a Elliot y lo empujo contra el pasto. Él se resiste, pero no dejo que se mueva hasta que estoy segura de que ya han pasado las patrullas.

Se levanta y me mira consternado.

—¡Hiciste trampa! —dice—. ¡No esperaste hasta que estuviera preparado!

—Tienes razón. No fue justo —le digo. *Nada es justo*. Esa parte no se la digo.

La policía nos está buscando. Estoy segura. No es buena idea tomar otro autobús. Tengo que encontrar una alternativa ahora mismo.

Miro a nuestro alrededor y veo un cartel al final del campo. Dice: *Por aquí al Campamento Buenaventura: ¡donde los sueños de los niños se vuelven realidad!* Abajo hay un cartel más pequeño que dice: *Cerrado por la temporada*.

Escucho la voz de papá. *¿Ves? ¡Siempre aparecen opciones!*

Una gran flecha negra señala hacia el siguiente camino. ¿Qué tan lejos estará el campamento? Podríamos escondernos ahí por unos días. Tal vez ni siquiera tengamos que hacerlo por mucho tiempo. Sólo buscaron a papá cinco días. ¿Por qué tendrían que buscarnos más a nosotros?

—Oye, Elliot —le digo—. ¿Qué te parecería ir a un lugar donde los sueños de los niños se vuelven realidad?

Capítulo dieciocho

Atravesamos el campo hacia la calle del Campamento Buenaventura. Trato de que Elliot cante las canciones que recuerdo de mis propios campamentos, pero no quiere. Camina, pero no está feliz.

Se siente aún menos feliz cuando empieza a llover. La lluvia arrecia en un instante y el camino de tierra se llena de lodo. Hay muchas colinas que subir y nada que nos distraiga del esfuerzo. Lo único que podemos ver son unas pocas casas viejas medio escondidas entre los árboles. Mis canciones de campamento no sirven para nada.

Una de las casas tiene una antena parabólica.

—Quiero quedarme con esa gente —dice Elliot.

Me saco el agua de la cara y le digo:

—No. Sé de un lugar mejor.

—Sí, claro —dice Elliot y se ríe de una forma sorprendentemente adulta.

Escucho un motor. La cara de Elliot se ilumina como si alguien viniera por fin a rescatarnos, pero lo empujo hacia los árboles antes de que nos vean. Mis zapatos se llenan de agua en una pequeña zanja. El auto sale de un camino de entrada y se dirige al pueblo.

Elliot empieza a sollozar. Le doy una banana como si fuera la mejor golosina del mundo y después lo hago regresar conmigo al camino. Pasamos el camino del que salió el auto.

Hay una vieja bicicleta tirada en el césped.

Ni siquiera pienso en lo que estoy haciendo. Simplemente tomo la bicicleta, siento a Elliot en la barra y comienzo a pedalear.

—¿Acabas de robar esta bicicleta? —me pregunta. Ya no está llorando. De hecho, parece fascinado.

—Sí —le digo. *A veces no te queda más que hacer lo que tienes que hacer.* No sé si papá lo dijo alguna vez, pero no me extrañaría que lo hubiera hecho.

Pedaleo con fuerza. Estoy cansada, pero me alegra ver que Elliot está casi divirtiéndose.

Tardamos como media hora en llegar a Buenaventura. Un barrote de metal atraviesa la entrada. Eso está bien, creo. Aquí estaremos seguros. Pasamos la bicicleta por debajo, nos subimos de nuevo del otro lado y bajamos por la colina hasta el campamento. Lanzo un grito cuando pasamos por los charcos.

El camino se acaba en la parte más baja. Trato de sonar optimista, pero es difícil creer que algún sueño se haya cumplido aquí alguna vez. El césped es de color café. El lago es frío y gris. Hay un patio de juegos, pero los columpios, el balancín y la pelota del espirobol no están. Los edificios (uno grande de madera en el medio y varias cabañas rojas pequeñas junto al lago) están clausurados con tablones. La pintura se está desprendiendo.

Elliot se sienta en un escalón desvencijado y apoya la cara en los puños. La lluvia corre por su cara.

—No me gusta este campamento —dice.

—¡Te va a encantar cuando entremos! —digo, con una voz que hasta yo noto falsa.

Reviso todas las puertas y las ventanas del corredor principal. Tiro de los tablones en todas las cabañas, pero es inútil. Sin una palanca... y buenos bíceps, no lo lograré jamás.

Estoy a punto de rendirme cuando veo otra cabaña rodeada de árboles. Tiene enfrente un cartel que dice: *Escondite de Cookie*. Veo enseguida que la puerta está abierta.

—¡Elliot! —lo llamo y le hago un gesto con el brazo—. ¡Ven!

La puerta no sólo está abierta: está salida de sus goznes. Entramos corriendo para escapar de la lluvia.

Hay un montón de latas de cerveza vacías en el suelo, una silla patas arriba y varios libros tirados sobre una cama individual, junto a un pequeño librero de madera. No me toma mucho tiempo imaginar lo que ha pasado aquí. Algunos chicos de la zona rompieron la puerta para hacer una fiesta.

Agradezco en silencio su vandalismo. Nos han dado un lugar para dormir.

Volteo la silla, ordeno los libros y pateo las latas bajo la cama. La cabaña es fría y huele a moho, pero es mejor que otra noche al aire libre.

—Listo —digo—. ¿No es bonito?

Elliot trata de sonreír, pero está temblando. No puedo permitir que se enferme. Saco de mi bolso nuestra ropa casi seca y nos cambiamos. El colchón de la cama está húmedo, pero es más suave que el suelo. Nos acurrucamos sobre la manta roja y compartimos la última banana. De postre comemos una barra de granola cada uno. Jugamos a ver quién puede hacer que dure más. Elliot me gana porque esconde una pasa en una mano. Tomo un sorbito de jugo y dejo que él se tome el resto. Tiene sed y es lo único que ha tomado en el día.

Finalmente entramos un poco en calor. Me siento mejor, pero Elliot no.

—Estoy aburrido —dice.

No aguanto la risa. Escapamos de casa, dormimos al aire libre, mendigamos, robamos una bicicleta... ¿y está aburrido?

—Yo también —digo—. ¿Quieres jugar un juego en mi teléfono?

No tengo que preguntarlo dos veces. Elliot está encantado. Mamá rara vez lo deja jugar videojuegos.

Prendo mi teléfono. Me sorprende que aquí, en el fin del mundo, haya cobertura.

Mi buzón está lleno. Reviso los mensajes por encima. Ya no puedo ni decepcionarme por no ver nada de Colin o de Helena, pero medio esperaba tener algo de Sophie. Antes podía contar con ella. De plano que el amor ya no es lo que era.

(Supongo que ya debería haber entendido eso.)

Mamá es la única que ha tratado de contactarme. Aprieto *Borrar*. No quiero saber de ella.

Elliot y yo jugamos Tetris por un rato. Lo dejo ganar siempre, pero aun así no dura mucho. Aunque apenas está oscureciendo, está listo para dormirse. Apago el teléfono y nos acostamos en el colchón lleno de bultos.

—Te quiero mucho, Ria —dice.

—Yo también te quiero.

Nunca había dicho algo con tanta sinceridad en mi vida. Algunos amores son diferentes.

capítulo diecinueve

Me despierto sobresaltada. Alguien me está sacudiendo. Está tan oscuro que no sé si mis ojos están abiertos o no. Ni siquiera estoy segura de si estoy despierta hasta que siento una mano pegajosa en la cara y me doy cuenta de que es Elliot.

—Necesito mi inhalador, Ria.

Su respiración suena como un gis rechinando sobre un pizarrón.

Ya estoy completamente despierta.

—Está bien —digo con la voz más tranquilizadora que logro producir—. Está bien. No te preocupes.

¿Por qué no traje su inhalador? Lo ha usado tres veces al día durante toda su vida. ¿En qué estaba pensando?

No estaba pensando. O al menos no estaba pensando en *él*.

Me levanto y me paro en la entrada.

Relájate, me digo. Elliot tiene ataques de asma todo el tiempo. A muchos niños les pasa. No ha muerto por eso. Va a estar bien.

¿Cómo puedo saberlo? Hoy podría ser distinto.

¿Y si le pasara algo a Elliot? Mi corazón late como una ametralladora.

¿Qué hago, papá?

"Que los problemas no te pongan nerviosa. Resuélvelos".

Tengo unos veinticinco dólares. Iré al pueblo y le compraré un inhalador. No es tan difícil.

Veo hacia afuera. Aún está oscuro y sigue lloviendo a mares. No tengo idea de qué hora es. Podría ser la medianoche o las cuatro de la mañana.

No puedo llevar a Elliot. La lluvia le haría daño.

Tampoco puedo dejarlo aquí. Estaría aterrorizado.

Y además, ¿cuánto cuesta un inhalador?

¿Y si necesito una receta para comprarlo?

Tendré que encontrar a un médico. Tendré que dar un nombre falso.

Me doy la vuelta y miro dentro de la cabaña. Está muy oscuro para ver a Elliot, pero puedo oírlo respirar. Suena como una mecedora con una junta que rechina.

No tengo alternativa. Tengo que llamar a alguien y pedir ayuda.

Sophie.

¿Puedo confiar en ella?

No lo sé. Es demasiado peligroso.

Ese número… la línea de ayuda para niños. Aparece en mi cabeza de repente. Recuerdo la publicidad. No te obligan a dar tu nombre. Ellos sabrán qué hacer.

Camino torpemente por el cuarto. Me golpeo un dedo del pie contra la cama, pero no maldigo. Me merezco el dolor. Me siento en la cama y paso las manos sobre la manta. Encuentro el teléfono bajo mi bolso y lo prendo.

Veo la hora en la pantalla. Son las 5:40 AM. Bueno, una duda resuelta. No falta mucho para que amanezca.

Tengo diez nuevos mensajes. Seis son de mamá. Tres son de un "número privado".

Uno es de papá.

Capítulo veinte

"Corazón", dice. "Estoy tan preocupado por ustedes. Llámame".

No puedo creer lo que escucho. Me levanto de un salto, gritando y temblando.

¿Es real? ¿Estoy alucinando?

Necesito pruebas. Pongo el mensaje de nuevo.

—Elliot —digo—. ¿De quién es esta voz? ¿Quién es?

—¡Papi! ¡Es papi!

Ni su asma puede hacer que deje de saltar.

Reviso la fecha del mensaje. Ayer. Justo antes de la medianoche.

¿Será un truco? ¿Será que algún genio de la tecnología del departamento de policía hizo esto para lograr que llamáramos?

No me importa. Marco el número.

Papá levanta el teléfono al primer tono.

—¿Ria?

Me cubro la boca con la mano. No puedo contestar por un largo rato.

—¿Eres tú, papá?

Papá se ríe.

—Sí, soy yo, corazón.

—Pero… pero… —digo y de repente no puedo contener los sollozos—. Creí que estabas muerto. Dijeron que estabas muerto.

—Cálmate, cariño. Es una larga historia. Te lo explicaré todo después.

Ahora estamos preocupados por ustedes. Por ti y por Elliot. Tu madre dice que él necesita su medicina.

Trato de controlarme.

—Sí, la necesita. Ayúdame por favor.

—No te preocupes. Lo haremos. Dime dónde están. Alguien irá a buscarlos enseguida.

—Quiero que vengas *tú*, papá —le digo—. Quiero que lo hagas *tú*, papi.

Sueno como un bebé, pero no me importa. Tengo que verlo. No creeré que esto no es un truco o una trampa o simplemente mi loca imaginación sino hasta que lo vea de nuevo.

Está hablando con alguien. No puedo oír lo que dice. ¿Está mi madre ahí? Tal vez están juntos otra vez. Tal vez mamá se sintió tan feliz al saber que estaba vivo, que se reconciliaron.

Mi vieja vida. Mi familia. Mi casa. Tal vez todo fue sólo un enorme malentendido y ahora todo va a estar bien de nuevo. Mamá, papá, Elliot y yo.

Y Colin.

—Voy a buscarlos, Ria —dice papá—. Dime dónde están.

Sólo ha pasado alrededor de una hora cuando escuchamos el primer *traca-traca-traca* en el cielo. Elliot y yo corremos a la entrada de la cabaña. Ya no llueve. El primer rayo del sol toca el helicóptero azul y blanco de la policía como si fuera un reflector. Sólo papá podría haber organizado eso. Me hace pensar en un ángel que baja de las nubes.

Elliot me mira, confundido.

—¿Por qué lloras, Ria? ¡Es papi!

Dice algo más, pero no puedo entenderlo. El sonido del helicóptero aterrizando en el campo es ensordecedor.

Un policía sale de un salto y viene a buscarnos. Nos agachamos y corremos bajo las hélices con él. Puedo ver a papá sentado en el helicóptero con su hermosa y enorme sonrisa de siempre. ¡Estoy tan feliz de verlo!

Subo al helicóptero y lo abrazo. La última vez que lo vi, me apretó tan fuerte que me tronó los huesos. Esta vez ni siquiera extiende los brazos.

Estoy sorprendida y herida… hasta que me aparto un poco y veo las esposas.

Capítulo veintiuno

No soy muy buena en esto. Pongo más mermelada de fresa en mi uniforme que en las donas. Voy a estar pegajosa por el resto de mi turno.

Estoy parada junto al fregadero, restregando la brillante mancha roja con una servilleta mojada, cuando alguien dice:

—¿Disculpa?

Me doy la vuelta y veo a Colin por primera vez desde que volví, hace cinco meses.

Los dos nos sentimos avergonzados. Es obvio que él no esperaba verme aquí más de lo que yo esperaba verlo a él.

Me acomodo la red del cabello. Colin se aleja un poco del mostrador y dice:

—Perdón. Sólo quería un panecillo de arándanos.

Asiento como siete veces.

—Sí tenemos de esos panecillos —le digo. Tomo una servilleta y le doy la espalda. Tengo que apoyarme contra las bandejas de donas para no perder el equilibrio.

Noto que él también lleva uniforme. Debe estar trabajando como mensajero. Supongo que no le queda alternativa. Escuché que sus padres perdieron su casa, su negocio, todo.

Debe odiarme.

Tomo el panecillo más grande de la bandeja. Como si eso fuera a compensarlo. Estaba tan emocionado por ir a la universidad este año. Pero ahora está atrapado aquí y tiene que trabajar.

Me tiembla tanto la mano que se me cae el panecillo al suelo.

—No importa —dice él.

Sacudo la cabeza. Tiro el panecillo a la basura y tomo otro.

¿Entenderá que yo no sabía nada de lo que pasó?, ¿que mi madre no supo nada tampoco hasta que ya era demasiado tarde?

Ninguna de las dos tenía idea de que papá era capaz de hacer cosas como esa. Robar dinero. Estafar a amigos, familiares y ancianas indefensas. Fingir su propia muerte. Escapar.

—¿Lo quieres caliente? —le pregunto. Estoy tan avergonzada. Ni siquiera puedo mirarlo a los ojos.

—No, así está bien. Gracias.

—¿Mantequilla? —agrego. De repente quiero que se quede. Su voz no suena para nada enojada. Tal vez podríamos hablar. Podría explicárselo todo.

¿En qué estoy pensando? No podría explicarle nada. Yo no *entiendo* nada. Una parte de mí sabe que papá es un mal hombre. Pero otra parte todavía lo ama, todavía cree en él, a pesar de toda la evidencia que hay en su contra.

Y de todas formas, ¿qué cambia en realidad la evidencia? Papá puede haber hecho todas esas cosas terribles, pero se entregó cuando supo que Elliot y yo estábamos desaparecidos, cuando pensó que podía ayudar a que volviéramos.

Eso tiene que valer algo.

Lo malo es que no sé cuánto.

—No, sin mantequilla, gracias —dice Colin—. Ya no estoy jugando hockey, así que no puedo exagerar con las calorías.

Se da un golpecito en el plano y perfecto estómago. Le doy el panecillo en una bolsa de papel.

Tenemos cuidado de no tocarnos.

Pone cinco dólares en el mostrador.

—Es demasiado —le digo—. Es sólo un dólar con quince.

Colin se encoge de hombros. Todavía hay un poco de chispa en sus ojos, hasta para mí.

—Así está bien. Cómprale una golosina a Elliot.

Casi sonríe. Después sale de la tienda. Lo veo desaparecer en la esquina.

—No te vayas —le digo, pero sé que es tarde y que ya está demasiado lejos.

orca soundings en español

978-1-55469-973-5 $9.95 pb

Jojo está de regreso, recién liberado de la cárcel, y los vecinos están otra vez tensos y asustados. Todos se preguntan si algún día andarán caminando por ahí y se toparán con Jojo, que los tratará mal o abusará de ellos por pura diversión. Ellos desearían que Jojo se fuera lejos y que no volviera nunca más. Pero hay otros que quisieran que algo malo le pasara a Jojo. Algo de verdad muy malo.

Ardell Withrow es uno de ellos.

orca soundings en español

978-1-55469-863-9 $9.95 pb

Jill aceptó un empleo que sonaba ideal para el verano, guiando a turistas en paseos a caballo por las hermosas montañas, pero descubrió enseguida que el pago era terrible, los turnos eternos y los otros empleados, insufribles.

Después de una acalorada discusión con su jefe, lleva de paseo por las montañas a un hombre que resulta ser un peligroso asesino. Jill se defiende, logra escapar y comienza una carrera desesperada por sobrevivir.